# 真夜中に降る光

砂原糖子

幻冬舎ルチル文庫

CONTENTS ✦目次✦

真夜中に降る光




✦カバーデザイン＝渡邊淳子
✦ブックデザイン＝まるか工房

イラスト・金ひかる✦

# 真夜中に降る光

金崎新二《かねざきしんじ》には、嫌いな人間がいる。

金の話しかしない店長に、俺を新人の頃《ころ》から長い間パシリに使ったマネージャー。三年前に付き合っていた女。『私がお母さんになってあげる』なんて頼んでもいねぇことを言った口で、三ヶ月後には『子供じみたところがイヤ』と捨て台詞《ぜりふ》を吐きやがった。

店で古参の同期の男は、わりと気の合う奴だと思っていた。殴り合いのケンカに発展したのは一年前。客につまらない悪口を吹聴《ふいちょう》されたのがきっかけだった。以来、口もきかなくなった。

俺を恐れない奴は嫌いだ。媚《こ》びる奴も。距離を測ろうとする奴、それに失敗する奴。どいつもこいつも腹が立つ。この世のほとんどは、嫌いな奴らで占められている。

どうしてか？

何故これほど嫌いな人間が存在し、腹の立つことが多いのか。考えてみたことがある。考えてはみたが、理由は自分でも判《わか》らない。好きな人間は多ければ多いほど、俺だって楽に生きられるに決まっている。

『おまえなんか生まれてこなきゃよかったのに』

母親の口癖はいつもこうだった。捻《ひね》りも何もあったもんじゃない。ろくでもない生い立ちの何人かに一人は言われているだろう。

生まれてこなければよかった。そりゃそうだ。親父は飲んだくれの暴力夫で、これもまた絵に描いたような最低の部類の男だった。俺だって、『俺』がいなければオフクロはもっと楽に生きられただろうと思う。誰に気兼ねすることもなく親父から逃れ、自由になれただろう。

けれど、一方で自業自得だとも思う。男にコンドームをつけさせることもしなかったようなバカ女だ。愚か者の遺伝子が合わされば、そりゃあ生まれるのは俺みたいなロクデナシに決まっている。

母親がどうしているか今は知らない。親父が女をつくってからは酒浸り、アルコール頼りの毎日だった。たぶん今頃は立派な依存症だ。あいつはもしかすると親父から逃げなかったのではなく、しがみついていたのかもしれない。

家を飛び出したのは、十七のときだ。

高校には行っていない。行かなかったのではなく、行けなかった。最初から予定もなかった。

家には金がなく、それ以前に親にも行かせる気はなかった。義務教育は中学まで。なのに今の世の中、中卒なんて探すほうが難しいってんだから、どうりで平和な国だ。

働きながら定時制の高校に行けばいいと言う奴もいたけれど、耳を貸さなかった。

勘弁してくれよ。そう思った俺は間違っていたのか。頭が悪いから、奴らの言い分が判らなかったのか。当たり前の顔で親の金で大学まで進学するつもりの奴らに言われても、理解できなかった。

その定時制とやらに通う奴が何人もいることぐらい知っている。けれど、何人いたところで問題ではない。普通ではない。普通の人間ができることができなかった。そこに不満を覚えたのは、それほど悪いことだったのか。駄目な人間だったからなのか。

実際、自分は愚かな人間だったのだろう。

中学を卒業後、しばらくは地元にいたが就いた塗装工の仕事をクビになったのをきっかけに上京した。唯一の知り合いだった男に紹介されて就いたのは水商売だった。十七の年齢は偽り、毎晩鼻の下を伸ばした男たちが女の下着姿を見にくる店で働いた。そこで知り合いとなった男に紹介され、俺はホストになった。

十八のときだった。


冷たい花びらが降りたような感触に、新二は目蓋《まぶた》を開いた。

白いものが見えた。夜が明けたとは思えないほど薄暗い灰色の空。どんよりと重たい冬の空からは、白い雪が幾重にも降り注いでいた。

冴《さ》え渡った空気が肌を刺す。何もかもが凍りついたように風のない朝だった。ぼんやりと目を開いた新二は、何故空を仰いでいるのだろうと思った。

路地に自分が寝そべっていると気づくのに、そう時間はかからなかった。店からの帰りに酔っ払いと小競り合いになったのを思い出すのも。

ケンカの理由はなんだったか。肩がぶつかったとか、睨《にら》んだとか睨んでねぇとか、どうせその程度のことだろう。相手は酔っ払いだったが、自分も酔っ払いだった。職場は歓楽街。歌舞伎町《かぶきちょう》二丁目でホストを生業《なりわい》とする新二は、酒の入っていない朝などほとんどない。

相手が二人連れでなければこうして路上に伸びることもなかっただろうか。

「……いてぇ…」

脇腹《わきばら》の辺りが酷《ひど》く痛む。気を失っている間に蹴《け》られたのだろう。

今度会ったら殺してやる。

顔も覚えていない相手を新二は呪《のろ》った。

真冬の二月。まだ遅い夜明けを迎えたばかりの午前七時。アスファルトに寝転がるのに適した季節でも時間でもない。すぐに起き上がろうにも、ギシギシと軋《きし》む体は容易《たやす》く動かず、指先も凍りついたように感覚がなかった。

静かに舞う雪が新二の体に降り積もる。傍《そば》の車道を走り抜けた車の風圧に、色を抜いた金色の髪が揺れる。路地を舞う紙屑《かみくず》のように新二の髪はふわりと浮き、見上げた視界の端には、明かりを落としたセクキャバの看板が立っていた。

四十分、三千九百八十円から。胡散臭《うさんくさ》い金額を読み上げていると、頭の先から声が響いてきた。

「大丈夫ですか？」

落ち着いた男の声だ。

傍を行き交う人の気配なら、ずっと前からしている。ここは雪山でも氷山の上でもない。昼も夜も二十四時間人の途絶えない街。けれど、たとえ冬の明け方に転がっている人間がいても気にも留まらないのか、もしくは賢明に関《かか》わり合いになるのを避けてか、皆一様に自分を避けて歩き過ぎていた。

「立ち上がれますか？」

頭上にすっと手が差し出される。

警官だったら面倒くさいな。そう思いながら顔を捻り見上げた男の姿は、スーツに黒いスタンドカラーのコートだった。上質そうなボルドー色のマフラーを首に回わしている。

出勤途中の会社員だろうか。朝帰りの酔客にしては、男の姿にくたびれたところはなく、こんな場所には似つかわしくない気がした。

「こんなところで寝てたら駄目ですよ。しっかりしてください」

差し出されたままの手を取る。やけに大きな手のひらだった。

温かい。他人の体温を受け止めた途端、酷く冷えきっている自分を感じた。凍えた体は思うように動かず、すくりと立ち上がったつもりの足は無様に縺《もつ》れる。

ぐるりと視界が回った。

雪を散らせる重たい空が、圧《の》しかかってくる。まだ抜けきれないアルコールが、体の制御を妨げていた。

「き、君、大丈夫…」

新二は男の腕に縋《すが》りついた。微《かす》かにうめいて体を丸め、その腹の辺りに頭を飛び込ませる。慌《あわ》てたように男は抱きとめてきた。

ずるずると地面に戻りそうになる新二は、身を傾《かし》げた男の内に収まった。

酷くそこは温かく、逃すまいとするようにただしっかりと男のコートを握りしめる。

「……けて」

あぁやっと手に入れた。何故だかそんな風に感じてならなかった。


春にも似た温《ぬく》もりに包まれて目を覚ませば、大きな長い影が目の前に延びている。

自分の頭上に延びた人影を、新二は何故だかキリンのようだと思った。ゆったりと長い首を動かし、木の葉を食《は》むキリン。

人影は木の茂みを探っているのではなく、新二の寝そべるソファの上に位置するエアコンを何事か探っていた。

「…あんた、誰？」

ゆらりと起き上がり、男を見上げる。体の上にかけられた毛布がずるりと落ちそうになった。男は一瞬驚いた表情を見せ、それから安堵《あんど》の表情を浮かべる。

「あぁ、気がついたんですね。大丈夫ですか？」

キリンとダブるのも無理はない。やけに背の高い男だった。百七十センチと少しの新二が立ち上がっても、悠々と身下ろされるであろう位置に頭がある。そのくせ厳ついところはなく、スレンダーな体つきで、すくりと伸びた背筋がそれをより強調している。

黒髪に華奢《きゃしゃ》な眼鏡。深い紺色のハイネックセーター。ノーブルな顔立ちも相まって、一昔前の文学青年のようだ。青年のようといっても、二十六歳の自分よりも年は上に見える。三十は過ぎているだろう。一見して温和そうなところがイコール草食動物。大型の草食動物の中でもスマートで縦長なイメージのキリンだ。

「道端に倒れてたんですよ。病院に連れていくべきかと思ったんですけど、君が嫌がって…覚えてない？　ケンカでもしたんですか？」

「……覚えてねぇ」

ケンカをしたのも助け起こされたのも覚えているのに、その後の記憶がない。どうやらここに来るまでになにか会話をしたらしいが、新二の記憶はふつりと途絶えている。

「どこだ、ここ？」

見回した部屋はやけに整っていた。極《ご》普《く》通のマンションの一室のようだが、モデルルーム並みに整然としており、男の几帳面《きちょうめん》さを窺《うかが》わせる。

窓の外は白い。雪はまだ降り続いていた。家具の上の洒落《しゃれ》た置時計は、十時三十五分を表示している。時刻ボードが分刻みで捲《めく》れるアナログタイプで、メタルのフレームの中で今もぱらりと一枚捲れ落ちたところだ。

「じゃあ、僕の名前もきっと覚えてませんね。津久井《つくい》っていいます。津久井康文《やすふみ》。ここは僕の家ですよ。西新宿《にししんじゅく》だからそう離れてません。君はどこかに行こうとしてたんじゃ…あぁ、エアコンの風が君に直接当たってないか気になったので」

吹き出し口に翳《かざ》したままの手を、男はバツが悪そうに引っ込めた。細いフレームの眼鏡の奥で、照れ隠しに笑った目が細くなる。

——なんだ、コイツ。

新二は思った。

なんで笑ってやがる。なんで俺はここにいるんだ。なんで、俺を助けたんだ。なんだよ、コイツ。

助けるのが女ならまだしも、男だ。しかも自分が連れて帰って介抱したくなるタイプではないのを、重々新二は知っている。

仕事はホスト。けれど暴力団事務所ひしめく歌舞伎町を歩けば、たまにヤクザと間違われる。ガラの悪い下っ端、チンピラヤクザ。実際、そんな風体《ふうてい》なのだからまぁしょうがない。身長やウエイトは平均的…もしくは平均未満だが、威圧感は人一倍。連れ帰るどころか、真っ当な人間なら目を合わせるのも避ける。

「あら、目ぇ覚めたの？」

玄関側と思《おぼ》しき廊下の奥から、ひょいとまた一人姿を現した。この家にはまだ人がいたらしい。トイレにでも行っていたのか、手をひらひらさせている。

「あぁ三木乃《みきの》、たった今」

「まったく人騒がせなコよねぇ。ちょっとあんた、ちゃんとお礼は言ったの？　こっちはあんたのために朝っぱらから駆り出されていい迷惑して…」

ミキノ、と呼ばれたのは男だった。一声発した瞬間から判るほどの女言葉で、やけにひょろりと痩《や》せているが、明らかに男だ。化粧だの女物の服だのは装備していないものの、これほどに判りやすいそっちの人間も珍しい。

「なんだ、オカマか。気色悪いな」

うっかりの呟《つぶや》きではない。はっきりと口にした新二に、見る見るうちに男の顔色が変わる。凍りつき、蟀谷《こめかみ》がひくついたのが見て取れた。

「ちょ、ちょっと、やっちゃん！　ねぇ聞いた？　今の聞いた？　だからあたし言ったでしょう、こんなのと関わり合いにならないほうがいいって！」

オーバーなアクションで『こんなの』とソファの新二を指差す。

「こんな失礼な奴の面倒見てやる必要がどこにあんのよ。ほんっと人がいいんだから！　どう見たってチンピラじゃない」

「誰がチンピラだ。俺はホストだ」

二日酔いの頭を抱え口を挟むと、男は『ふん』と吐き捨てる。

「ホストねぇ。どうせ似たようなもんのくせして…」

「やめてください、三木乃。君も、彼を怒らせないでください。彼は三木乃芳彦《よしひこ》。僕の大学時代からの友人で、君をこの部屋まで一緒に運んでくれた人です」

一人落ち着いた口調で説明する津久井の脇から、三木乃は嫌味ったらしく添えてきた。

「そう。あんたが病院は嫌だって言うからね。このお人よしに呼び出されて、車まで出して手伝ったのよ。まったく、子供担いで歩くのとはわけが違うんだから」

「別に俺が頼んだわけじゃ…」

「二人とも、コーヒーでも飲みませんか？」

問いかけに、新二はやや間を置いて頷《うなず》いた。さっきから部屋にはいい香りが漂っている。座っているのは居間らしき部屋の白いソファセットで、カウンターで隔てられたキッチンのほうから、こぽこぽというコーヒーメーカー特有の音が響いてきていた。

「どうぞ」

差し出されたカップを、無言で受け取る。

カツリ。陶器のコーヒーカップに唇を当てると、無機質な音が鳴った。唇の右端に通しているリング状のボディピアスだ。

唇だけでなく、耳に眉《まゆ》、鼻から体のあちらこちらに至るまで、数え上げるのは面倒なほど新二はピアスを身につけている。

髪は白に近い金髪。長めの前髪から覗《のぞ》く目は三白眼《さんぱくがん》で、目つきが気に入らないというだけで子供の頃はよく親父に殴られた。

今はよく通りすがりの者に因縁をつけられる。けれど、大抵はそのとおり睨んでいるのだから当然か。

「…温《ぬる》い」

カツリカツリ。リングピアスを鳴らしながらコーヒーを飲む新二は、眉を顰《ひそ》めた。人肌。そう呼ぶのが適当なコーヒーは、温くてとても今でき上がったものとは思えない。

「傷に染みないか気になったので」

向かいのソファに三木乃と並んで腰を落とし、同じくカップを手にした男は言った。

大して気に留めていなかったが、殴られた左の頬《ほお》はズキズキと脈打っている。唇の端もどうやら切れているらしい。顔を見る津久井の目が、痛ましいものを見るソレだ。

「熱いのに替えましょうか？」

「いや、いい」

コーヒーが温いのはいい。けれど、再び思わずにはいられない。

なんなんだ、コイツは。

傷を心配して温いコーヒーを出したのか。

「酔っ払ってケンカをしたんですか？　そんなことを言ってたけど…」

「…あぁ、まぁな」

「どうしてです？　友達と？」

「いや、知らねぇ奴。ぶつかりでもしたんだろ」

男は一瞬戸惑った顔を見せた。

けれど、すぐに気を取り直したように微笑《ほほえ》む。

「そうですか。ケンカもよくないけど、飲みすぎには気をつけたほうがいい。アルコールを軽視したら大変です。こんな季節じゃ凍死だってしかねないし、若いからって油断してたら…」

「あんた、医者か？」

「いや、違います」

「医者じゃねぇなら黙ってろ」

たとえ医者でも同じことを言っただろうが。

助けただかなんだか知らないが、頼んでもない説教を聞かされるなんてまっぴらだ。

新二は苛立《いらだ》ちを隠しもしなかった。

不遜《ふそん》な態度。助けられておきながらこれでは、普通の人間なら怒り出す。食ってかかるまではいかなくとも、眉の一つぐらいは顰める。

「ちょっと、黙って聞いてればあんたっ…」

現に、隣の三木乃はコーヒーカップをひっくり返しそうに身を乗り出してきた。

「そうか…それもそうですね。たしかに、聞きかじった知識で言ってみただけです」

キリン男の眉は動かぬままだった。頷く顔に、新二は気味の悪いものを見るような目となり、リングピアスの並んだ片眉を吊《つ》り上げた。

「…あんた、牧師か？　宣教師かなんかか？」

「まさか。僕は医者でも宣教師でもないです。仕事はデザイン関係っていうか、内装の…」

「宗教なら判りやすい」

それなら判りやすい。納得できる。見ず知らずの人間に親切にする理由がつく。

なんのメリットもなしに人に親切にするなんて、新二には理解できなかった。まして、気分を害すようなことを言われても、平然と笑っていられるなど。

「判りやすい？」

津久井は怪訝《けげん》そうにしている。

答えないでいると、躊躇《ためら》い気味に問いかけてきた。

「そういえば…君、大丈夫ですか？」

「なにが？」

「いえ、なにか困ったことでもあるのかと。僕に言ったこと…倒れかかってきたときのことは覚えてませんか？」

「なんとなくは覚えてるけど、なんだ俺がおまえになんか言ったのか？」

記憶にない。残っているのは握りしめたコートの感触までだ。

男はじっと見返してきた。新二が覚えていないと判ると、少し考える素振りを見せ、緩く首を振った。

「いや…たいしたことではありません。僕に言ったわけでもなさそうでしたしね」

「なんだ、寝言か？」

「たぶんそんなところだと…あぁ、そうです。君の名前をまだ聞いていませんでした」

「どうでもいいだろ、名前なんて」

「どうでもよくはないです。名前も知らないで向き合ってるのは居心地が悪い。後で思い出したときに『あの人』としか頭に浮かばないのも不便です」

とぼけた男。よく判らない理論。判るのは、教えるまで男は引きそうにもないということだ。津久井は不興を買っていることなど気にも留めない様子で、返事を待っている。

「……新二」

温いコーヒーを啜《すす》りながら、ぶっきらぼうに言った。

「金崎新二」


「シンちゃん、お店出なくていいの〜？」

この世の騒音を掻《か》き集めて詰め込んだような店内だった。

銀色の玉がじゃんじゃん出たり、ばりばり消えたりするパチンコ屋では、悲喜交々《こもごも》の顔の老若男女が台に向かっている。

咥《くわ》え煙草でパチンコ台を見据える新二もその一人。隣席では派手な巻き髪の女がやる気なさそうにハンドルを握っていた。

「シンちゃん、お店っ、出なくていいの〜っ？」

女は一字一句同じ質問をやや声量をアップして繰り返した。新二は一度目と同じ、『あぁ？』と肯定にも否定にもならない返事をするだけだ。

「レーコ、金。もっと出せ、あともうちょいでかかりそうなんだ！」

「もうっ、元取れなかったら今日お店行ってあげないからね！」

唇を突き出しながらも女は財布を取り出す。モノグラム柄のブランド財布からピン札を抜き、顔は台に向かったままの新二の手のひらに握らせた。

「おう」

これまた礼にもならない反応を寄越《よこ》し、札を突っ込む。銀玉の流れを追う新二の赤いシャツの肩を、誰かが叩《たた》いてきた。

「よっ、シン。その台はかかんねぇよ。昨日俺がぶっこんでも出さなかった台だからな」

「うっせえ、ハゲ」

振り返りもしないまま応える。声で判断した通路の男は、実際ハゲだった。巨体にツルツル頭のなかなかに迫力のある男だ。生え際がやばくなってきた途端潔く坊主にした男は、皆からそう呼ばれている。

「その台は枯れてんだって。突っ込みすぎて泣き見んなよ〜、ははは」

『ハゲ』は笑いながら通路を過ぎていった。

男の本名は知らない。向こうも、店の源氏名《げんじな》の『シン』としか知らないだろう。

新二は顔が広い。十七のときこの街で生活するようになってから十年。敵も多いが、仲間も多い。

好感を持てる人間が少ないからといって、近づくものを拒んだりはしなかった。ノリよく振る舞うのが新二の処世術だ。キレやすく善人にはほど遠いが、地雷さえ踏まなければ楽しい男。それが大方の人間の新二の印象だ。

客には風俗嬢が多い。早番帰りの風俗嬢をキャッチするのはホストの基本だ。隣席の巻き髪の女も一年ほど前にさくら通りでモノにした客だ。

「もう。こんな同伴ばっかなんだから。色気なーい」

「なんだ、色気があるようなのがよかったのか？　じゃあ次はホテルで待ち合わせるか」

ピンヒールのブーツの先で椅子《いす》が蹴られ、ハンドルを握る手が震えた。

「ねぇ、もうやめといたらぁ？　シンちゃん、すぐムキになるんだから」

「…くそ」

『ハゲ』の忠告は正しかったらしい。金は瞬く間に消え、あとに残るのは舌打ちだけとなる。

こんなときに限って隣の台が当たり出し、見知らぬニキビ面の男の横っ面を殴りつけたい衝動に駆られる。

「ちっ」

そろそろ店にも出なければならない。もう十時になろうとしている。

いつの間にか空にしていたタバコの箱を握り潰《つぶ》したときだった。シャツの胸ポケットに突っ込んだ携帯電話が震え、黒いメタリックカラーのそれを新二は取り出した。

覚えのない携帯番号が並んでいる。

「誰だぁ？」

騒音の中で声を張り上げた。客なら登録しているはずだが、客の友人知人…横つながりの枝客《えだきゃく》かもしれない。

『金崎くん?』

返ってきたのは、想像に反して男の声だった。名字で呼ぶ者は稀《まれ》だ。誰だったろうと頭を巡らせていると、『津久井です』と男は名乗った。世話焼きのキリン男。助けられたのは三日前だ。

名刺を渡してくるから渋々交換した。けれど意味はなかった。空間デザイナー。たしか男の職種はそう記してあったが、そんなものには興味もないし、そんな野郎の知り合いが増えたところで金にもならない。

『あれから具合はよくなりましたか? 病院に行く様子もなかったので気になって…』

「はぁ?」

余計なお世話だと言わんばかりの…実際そのとおりの反応は、店内の『じゃんじゃんばりばり』に掻き消されて聞こえなかったのだろうか。男は柔らかな声色のままだった。

『元気ならいいんです。声を聞いて安心しました。煩《わずら》わしい思いをさせてすみません。これもなにかの縁だと思ったので…』

縁。たしかに連日連夜、三十万人も行ったり来たりする街で会ったのはなにかの縁だろう。

早々に電話を叩き切るつもりだった新二は思い直した。

「ちょうどよかった。あんたにお礼がしたいと思ってたんだ」

翌日、ネオンが輝き出した時刻、新二は津久井との待ち合わせの場所に向かった。

六時の約束にもう三十分過ぎている。外せない用事が入ったとか、出がけに客が泣きついてきて相談相手になってたとか、服選びに迷ってとか、そういう殊勝な理由ではない。単に面倒くさくなったからだ。部屋で起き抜けの煙草《たばこ》をぼんやり何本も吹かしていたら、約束の時間を過ぎていた。

今にも雪の降り出しそうな夜。気温が下がってるとは思えないほど、通りは活気に満ちている。待ち合わせはこの先の古くからある劇場の傍の広場だ。

待ち合わせの場所の少し手前から、男の姿は見えた。目印になるほど背の高い男は、寒そうにコートの襟を立て、きょろきょろと周囲を見回していた。

「おい。悪い、待たせたな」

ぶっきらぼうに声をかければ、男は新二に気がつきほっと息をつく。遅刻を責めるでもなく、笑顔を見せる。

「よかった。もしかして場所を間違えたかと心配になってきたところで…」

白い息を吐きながら、ぐるりとまた広場を見渡した。

「どうした？」

首を捻る。津久井は落ち着きがなかった。まだなにかを探しているように、辺りに視線を巡らせている。

「来る途中、中国系《ちゅうごく》の…小柄で黒っぽいジャンパーの男を見ませんでしたか？　紙袋を持ってたはずなんですけど」

「中国人？　んなもん、判るかよ。この辺はそんなんうようよいるからな」

「…そうですよね。困ったな。さっき人に道を訊《き》かれて話し込んでたら、脇に置いていた袋をその人が間違えて持っていってしまったみたいで…」

のほほんと通りの先を見据える津久井に呆気《あっけ》に取られる。

なにを言ってるんだと思った。

「アホか。そりゃ置き引きじゃねぇか！」

「やっぱりそうでしょうか？　いや、もし違ったら疑うのも悪いかと…自分の荷物と間違えて持っていった可能性もゼロではないですし」

「はぁ？　あんた、頭やばくね？」

ゼロじゃないかもしれないが、限りなくゼロだ。そんな可能性を考慮してどうする。他人事ながらのん気な男に苛立ちを覚え、それから新二ははっとなって顔を仰いだ。

「てか、あんた財布は⁉　金は大丈夫だろうな？　ちゃんと持ってんだろうな？」

「あぁ、大丈夫です。持っていかれたのは、来る途中に電器屋に寄って買い物した袋なので。中身は消耗品ぐらいしか…」

「なんだ、びっくりさせんなよ」

力が抜ける。路上に落とした視線をふと起こせば、津久井が笑みを見せた。

「心配かけてすみません。優しいんですね」

眼鏡の向こうの目が細くなり、新二は居心地が悪くなる。椅子の上なら確実に尻《しり》の座りが悪くなっていた。

「ふん」

鼻を鳴らして歩き出す。ついてこいとも言わず、新二は目的の場所に向かった。盆正月、祭りでもないのに混雑する通りを過ぎ、新二が足を止めたのは、雑多な店の集まるビルだ。どの店に用があるのか津久井にはよく判らなかったかもしれない。

「きちんとこないだの礼をするから、ちょっとここで待っててくれ」

「そんな、礼なんて僕は…」

「そのつもりがあるから出てきたんだろ？　いいから待ってろ。すぐだ」

男のウールコートの胸に指を突きつけ、雑居ビルの細い階段を吸い込まれるように上る。目立たぬ看板を掲げたその店は、いわゆる風俗店だった。

「いらっしゃいませ～」

出迎える女の子に声をかけると、店の奥から黒服の若い男が出てくる。この店の数少ない男性従業員の一人だ。

男はぱっと目を輝かせた。

「お、シンさん久しぶり。マネージャーなら今日休み取ってんですよ。遊びにきてくれたんすか？」

「バーカ、こんなとこでヌクほど女に不自由しちゃいねぇよ。借り、返しにきた」

この店のマネージャーは、時折新人の女の子たちを新二の店に連れてきてくれる。福利厚生の一環だとかなんとか、胡散臭いことを言って女の子たちを遊ばせて帰っていく。理由は単純、ホスト遊びを覚えてくれれば、店にとって都合がいいからだ。

ホストは金がかかる。ホストクラブに通うとなれば、もっと働かなくてはならない。簡単に店を辞めるわけにはいかなくなる。そのためには、最初の奢《おご》りなど安いものというわけだ。

なんにせよ、上得意には違いない。

「シンさん、義理堅いっすねぇ」

「まぁな。あとでマネージャーによろしく言っといてくれよ？　俺がいい客連れてきてくれたってな」

新二は声を潜《ひそ》める。男の耳を引っ張り、耳打ちする。

「ありゃかなり搾《しぼ》れるね、俺が保証する」

優良店とは言い難い、未許可営業の店だった。許可なんて下りようはずもない。ぼったくりは日常茶飯事、客の財布次第で料金が変わるような店だ。

階段の下を見下ろせば、大人しく待っている男の足が見える。ロングコートが様になる足は随分と長い。

騙《だま》しやすそうな男だとは踏んでいたが、まさか置き引きに遭うほど間抜けだとは思わなかった。財布を持ち逃げでもされていたら、計画が水の泡。危うく無駄足になるところだ。

礼をする振りをして店で遊ばせ、ぼったくりのターゲットにさせるのが新二の算段だった。罪悪感はない。水が高いところから低いところへと流れるように、この世は強い者から弱い者は利用されるようにできている。

「じゃ、ちょっと呼んでくるからよ」

弾む足取りで階段を下りた。

「話、ついた。上がってこいよ、案内するからさ」

「ここは？　金崎くん、僕は本当にお礼はどうでも…」

「いいから、さっさと上がってこいって」

階段の中ほどから声をかけて手招くと、何度目かでやっと津久井は上ってきた。

「知り合いのよしみで特別価格にしてくれるってさ。まぁ遊んでいってくれよ」

店に入ってすぐ、女の子の写真の前で男は足を止めた。目を数度瞬かせる。胸の谷間を見せつける女、脚線美を強調した女。あからさまな写真の数々に、店の営業内容に気づかないほうがどうかしている。

「…悪いんですが、僕は遠慮しておきます」

「なんだ、もしかして初めてか？　おいおい、三十近くで風俗来たことねぇのかよ」

「三十二です」

随分見た目が若い。落ち着いた雰囲気はたしかに年相応かもしれない。

ますます都合がいい。勝手が判らない者ほど騙しやすく、お堅い奴ほど一度箍《たが》が外れれば理性が働かなくなる。

「だったらこの機会に一度試しときなって。あんたみたいのはどうせ人に背中押されなきゃこういう店に入れねぇんだろ？」

困ったように男は笑った。

「遠慮すんな、ひと抜きしてもらえ。俺が女選んでやろうか？　どういうのが好きなんだ？　胸がデカいのか？　清純っぽいのに脱いだらすごいようなのか？」

「金崎くん」

津久井は静かに首を振る。男に浮ついたところはなく、選挙の公示ポスターの前にでも立ってるかのように冷静だった。

「気持ちだけもらっておきます。僕はこういう店は得意じゃないので」

「そ…そりゃ単なる食わず嫌いだろ。一度試してみれば…」

にこりと微笑まれ、言葉を飲む。

津久井の返事は新二に二の句を継がさなかった。

「ありがとうございます、わざわざ礼まで考えてくれて。君は本当にいい人ですね」


なんなんだ、アイツは。

フザケルナ。一言ですませるなら気分はそんなところだ。

とんだ無駄足だった。女を選ぼうともしない男を嵌《は》めようもなかった。

風俗を嫌悪する男というのは少なからずいる。それならそうと、それらしい顔をすればいい。なにが『気持ちだけもらう』だ。

調子が狂う。

すぐ傍の通りで別れた男を恨みながら、新二は仕事に向かった。

勤めるホストクラブ『K』は、ビルの六階に位置する。

「おはようございます、新二さん！」

控え室に入ると、一昔前のヤンキーのようにたむろって雑談をしている男たちが揃《そろ》って顔を向ける。

店では古参で、部長の肩書きも持つ新二だ。

席数も多い大きな店には、ホストは何十人といた。アルバイト感覚で在籍している者から、店の顔を担っている者まで。

新二は後者だった。ナンバーワンになるタイプではないものの、食いっぱぐれる者がほとんどの世界で八年やっている以上は、それなりに手堅い売上がある。

足りなければ補うための手段は選ばない。必要ならどんな女とでも寝たし、金払いが悪ければどんな女でも泣かせた。

「あ、あぁ」

生返事で部屋の奥に向かう。黒いレザー張りのソファは、ほぼ新二の指定席だ。どっかり腰を下ろし、目の前のテーブルに革靴の足を投げ出せば、皆それだけで目を合わさなくなった。激しく揺れたテーブルに、竦《すく》み上がって視線を逸《そ》らす。

触らぬ神に祟《たた》りなし。古くからいる者は新二の機嫌の悪さを察すれば、嵐が去るのを遠巻きに待つ。新入りでも、数日もすればその危うい空気を察する。

けれど、どこの世界にも間の読めない人間は存在するものだ。

「新二さん、今日は早いすね！」

陽気な声。ヘラヘラと笑って声をかけてきたのは、新人どころかもう半年は勤務している男だ。

仲川直次《なかがわなおつぐ》、源氏名はナオ。なかなかの男前で背格好も申し分ないが、うだつの上がらないいわゆる三流ホストだった。一纏《ひとまと》めに結んだ髪をしっぽのように揺らして近づいてくる。

「あぁ、まぁな。用があって早く出てきたからな」

「同伴っすか？　いいなぁ、なんか美味《うま》いもん食わせてもらいました？　俺なんか今日も同伴どころか予約もナシっすよ」

ヒヤリとなる周囲の空気にも気づかず、男は大きな笑い声を立てた。羨《うらや》ましいと連呼する男を、新二はにこりともせず黙殺する。

男は一方的に喋《しゃべ》り続け、思い出したように口にした。

「あ、そうそう！　新二さん、下に珍しいコ来てましたよ」

「珍しい？」

「ほら、前によく友達と来てた…名前なんだっけな。たしかエリってコと遊びにきてた、髪の長い…」

「ナオ、ちょっとこっち来い」

「なんすか？」

うあ。そんな二文字が男の口から漏れる。

無邪気な犬のように近づいた男は、次の瞬間腹を抱えていた。蹴り上げた足は腹部をヒット、言葉にならないうめき声を上げて足元に蹲《うずくま》った男に、新二は顔色も変えなかった。

「それを早く言え」

吐き捨てて、立ち上がる。

「…茉莉《まり》の奴。あの女、やっと来やがった」

「どうかしたんですか？」

周囲は不思議がり、新二と同じく古参の男が、面白おかしそうに口を挟む。

「ツケ。溜《た》まってんだよ、なぁ新二？」

物見高い態度が癇《かん》に障るが、相手をしている場合ではない。

「あぁ、ちょっと行ってくる」

足早に通路に出た。エレベーターを待つのも面倒で非常階段を駆け下りる。重い鉄製扉を開けると、ホールでエレベーターに乗るか否かを迷っている女の姿を見つけた。

「茉莉」

声をかければ、女は跳び上がらんばかりに驚いた。反射的に逃げ出そうとする腕を引っ摑《つか》み、非常口のほうへと引き摺《ず》る。

「お、お金っ、お金持ってきたのっ」

「だったら逃げんなよ。なにびびってんだ？」

「こ、これ」

震える声で差し出されたのは封筒だ。

二十万。確認した中身はそれだけだった。

「茉莉、借金いくらあるか判ってんだろうな？」

軽く百万を超える借金だ。飲み代のツケにしては高額かもしれないが、ここはホストクラブ、高額の酒を酔った勢いで入れていればすぐそのくらいはいく。

「だってそんな金額になってるなんておも、思わなくて…」

「飲み食いすりゃ金がかかることぐらい幼稚園児でも判るだろ」

「でも、あたしはエリが誘うから仕方なく！　人数が多いほうが盛り上がるからって、支払いは全部自分が持つってあのコが言ったんだから！」

茉莉は風俗嬢ではない。素人《しろうと》客で、しかも別の客の紹介で店にやってきた。二年ほど前からちょくちょく来ていたエリという客だ。近頃は見ない。女友達を何人も連れてきて派手に遊んでいたが、どうやら虚飾がバレたらしい。

『友達』なんてものを信用して、利用されて、この様《ざま》か。

「んなこと俺が知るかよ。だったらおまえがエリ捕まえて金もらってこいよ」

客のお友達関係がどうなっていようと、懐《ふところ》が寂しかろうと、新二の知ったことではない。

最終的に、売上を回収できればいい。

それが客の望む方法でなくとも。

「エリの居場所、わか…らない」

そう呟き、女は顔を伏せた。摑んだままの、白いコートに包まれた細い腕が震え出す。しゃくりあげる声が聞こえ始め、新二は舌を打った。

「おいおい、泣いたらどうにかなるとでも思ってんのか？　笑わせてくれんなよ」

受け取った紙幣で頬をぴたぴたと叩く。

「残り、払うあてあんのか？　ないならいい働き先紹介してやるって言ってんだろ」

「……風俗はイヤ」

「はぁ？　やだって、おまえが金払えないっつってんだからしょうがないだろ。こっちは慈善事業やってんじゃねぇんだ」

肩を小突く。壁際に追い詰められた女は、ヒールの靴でふらつきながら、なおも泣き続けた。

「逃げたら承知しないからな。沈められたくないなら、ツケた分はとっとと払え」

すすり泣く女は頷きも首を振りもしない。そうしていれば、自分に都合のいい言葉に変わるとでも思っているのか。

女が哀れになればなるほど、新二の心は冷えた。ふと視線を感じて顔を上げる。首を捻ると、ビルの正面口から入ってきた男が、こちらを窺うように見ていた。

女を追い詰め、泣かせているとしか見えない自分を咎《とが》める眼差《まなざ》し。

さっさと消えやがれ。

あっちに行けとばかりに手を振る。男は察してエレベーターに乗り込み視界から消えたが、湧《わ》いた不快感は新二の中で燻《くすぶ》り続けた。ホストには珍しい柔らかな色のスーツに、ネクタイを綺麗《きれい》に締めていた男は、新二が店でもっとも苦手としている男だった。

白坂一葉《しらさかかずは》。

新二の嫌いな男の名だ。

よりによって嫌な奴に見られた。

まるで誰かに気づいて助けてもらおうとでもいうように、女の嗚咽《おえつ》は大きくなっていく。

「黙れ」

女の泣き声は嫌いだ。

あの女を思い出す。

俺を生んだ女。俺が親父に殴られるたび、部屋の隅で泣いていた。六畳二間のボロアパート、箪笥《たんす》の陰にあいつは逃げ込み、今度は自分が殴られやしないかと恐れていた。

長い髪の下りた前髪の隙間《すきま》から、ただじっとこちらを怯《おび》えた目で窺っていた。

そう、ちょうどこんな風だった。

「…うるさい、黙れって言ってんだろうが！」

新二は衝動的に女の髪を引っ摑んだ。

冷たい髪だった。革ジャケットのポケットに手を突っ込み、指に触れたものを摑み出す。

カチリと音を鳴らせば、女の泣き声は失せ、代わりに悲鳴が上がった。

「やめて、やめてっ、お願いやめて！　お金はちゃんと払うから!!」

灯《とも》したライターの炎は、涙の跡の残る女の顔と、新二の顔を同時に照らし出した。

ゆらゆらと今にも女を撫でそうに炎は揺らぐ。

「焼かれたくなかったら、腹括《くく》って働くか金を持ってこい」

灯火《ともしび》は女の引き攣《つ》った表情に反し、とても暖かかった。


店に戻ると指名客に呼ばれ、新二はすぐにボックスについた。

とりあえずハウスボトルの酒で客と乾杯をしながら、ふと周囲に視線を巡らせたときだ。

客がタイミングを計ったように白坂の話を持ちかけてきた。

「一夜《かずや》って、シンが連れてきたんだって？」

店はそこそこに客が入っており、斜め前のボックス席には、白坂一葉が座っている。店では『一夜』と名乗っている男は、白い小づくりな顔をちょうどこちらに向け接客をしていた。

あちらの客は関西弁《かんさいべん》の男一人に女二人。ノー天気そうな関西弁男の声は、時折こちらまで聞こえてくる。男客は珍しい。たぶん以前の店の知り合いか何かだろう。

白坂は、系列店に勤めていたところを新二が引き抜いたホストだ。『プラチナ』でナンバーワンだったって本当？　美形よね、彼」

チラチラと斜向《はすむ》かいのボックスを窺いながら、女はジャケットの袖《そで》を引っ張ってくる。

「ま、女みたいな顔だけどな」

「どういう知り合いなの？　なんか、シンとは随分毛色がちがくない？」

「悪いけど、あいつの話はやめてくれ。酒が不味《まず》くなる」

「なぁに、自分で連れてきておいて嫌いなの？　あれれ、もしかして嫉妬《しっと》？」

リングピアスの唇を歪《ゆが》め、新二は笑った。

「いいさ、そういうことにしてくれても」

「あはは、シンって相変わらず捻くれてる」

どういう関係か少しでも触れれば、ますます興味津々になるだろう。

白坂は、新二の中学時代の同級生だ。

ホストとして再会したのは、偶然だった。好きで引き抜いたわけじゃない。店長が確実に売上の見込める者を増やせと言ったからだ。実際、強引に引き込んだ白坂は客を呼び込み、自分は店の幹部としての役目は果たせた。

なのに、こうももやもやするのはなんだ。

——目障りだ。

白坂がもっとこの世界に馴染《なじ》んだ男になっていたなら、気持ちも違っただろうか。白坂は、中学の頃とちっとも変わっちゃいない。ホストのくせしてクソ真面目《まじめ》。自分は清廉潔白と言わんばかりの目でこちらを見る。

二人が中学時代を過ごしたのは、地方の小さな田舎町《いなか》だった。町で唯一のコンビニに、若者はこぞって集まるような、本当に小さな町だ。

白坂の家は、町で少しばかり有名だった。

若い女が母親だったからだ。

白坂の母親は後妻。父親が色ボケて連れてきた継母《まはは》。財産目当てで息子は苛《いじ》められている──そんな噂《うわさ》がまことしやかに町には流れていた。新二の家庭環境にしても町内全部に知れ渡り、『シンジくんとは遊んではいけません』なんて子供に言い聞かせる親が現れていたほど閉鎖的な町だ。そりゃあ悪い噂ほどすぐに広まる。

新二がその話を知ったのは、たしか中学一年の半ばだった。今まで意識してもいなかったクラスメートが気になり始めた。

問題のある家庭に生まれた、問題のある子供。

認めたくはないが、少し自分と重なるものを感じていたのかもしれない。

何度か話しかけた。あっさり無視された。記憶にある中学時代の白坂は、何故か人の顔すら見ようとはしなかった。

やがて話しかけるというより、ちょっかいをかけるようになった。それは苛めや嫌がらせととられても仕方のない行為。普通に声をかけるには新二は捻くれすぎていた。

そして、白坂は相手にしようとはしなかった。そればかりか、家庭環境など取るに足らないことだとでもいうようだった。自分とは対照的な男。その取るに足らないはずのことで躓《つまず》き、怠惰に暮らす新二は、愚かだと蔑《さげす》まれている気がしてならなかった。

地元一の高校に進学した白坂を、新二は死ねと思った。頭が悪いのは勉強をしなかったせいだ。けれど、頭がよくなったところで皆と同じ高校への進学は望めなかった。

卒業後、白坂とは一度も顔を合わせはしなかった。噂で大学に進学したと聞いた気がするが、その頃には新二の中ではもうテレビの中のタレントより遠い、実像のない存在に変わっていた。

なんだってホストなんかになったのか。

知らないし、知ろうとも思わない。知ったところで、この感情は変わらないだろう。

白坂が、嫌いだ。

あいつが目の前にいると自分は——

「…シン、ちょっと、どうしたの？」

肩を揺すられて我に返る。斜め前の席を見据えたまま、動かなくなった自分を怪訝な顔で女は見ていた。

「あぁ、悪い」

慌てて営業用の笑いで繕う。

新二は白坂が視界に入らぬよう、体ごと女のほうへ向き直った。

あの男が傍にいるだけで、苛々《いらいら》が増幅する。

ツイてない。それでなくともキリン男への無駄足で始まった夜だ。

「よし、飲むか。飲もう飲もう！」

「やだ、急にどうしちゃったの？ 煽《あお》ったって今日はいいお酒入れてあげないから」

目を丸くする客の隣で、新二は自棄《やけ》になったように安酒の青いボトルを掴んだ。


酒はいい。

面倒なことはすべて忘れさせてくれる。覚えておきたいことなんて大してないからちょうどいい。

ホストの中には、『酒はもううんざり、プライベートでは飲まない』なんて者もいるけれど、新二は外でも家でも酒は欠かさなかった。

問題はアルコールに体が慣れすぎてか、ちょっとやそっとでは酔わないことだ。

その夜も酔いは冷めるばかりだった。冬の寒風が熱を奪う。両耳に並んだピアスも冷えきり、ふとした弾みに触れると氷の輪のように冷たかった。

「シンちゃん、もっとゆっくり歩いてよっ」

「離れたら寒い〜っ」

両脇だけは温かい。正面から吹きつける風の冷たさに反し、二人の女に絡みつかれた両腕は酷く生温かい。

休日の夜。客に付き合って飲み歩き、繁華街に繰り出した新二は、普段は足を向けない通りを歩いていた。

新宿二丁目。同じ新宿でありながら新二のテリトリー外なのは、歌舞伎町とは離れているというのもあるけれど、なによりここは同性愛者の集うイメージが強いからだ。

「見た？　今のカップルどっちがどっちだと思う？」

「可愛いほう〜、って言いたいけど、あんまりゲイの人ってそういうの決まってないんだってよぉ。気分次第？」

「ふうん、楽しそう。シンちゃんも試してみたらぁ〜？」

さもありなんな様子の男二人のカップルと擦れ違い、女たちは無遠慮に振り返り見る。

時刻は午前二時。千鳥足の酔っ払いに、良識や怖いものなどない。

「可愛いほうってどっちだよ。どっちもただの野郎だったじゃねぇか。ホモなんてゴメンだぜ、虫唾《むしず》が走る。俺はホモが大嫌いなんだ」

歩けば歩くほどそれらしい者がうろついていて、自然と新二の顔つきは険しくなる。

「オススメのバーって、本当にこの辺りにあんだろうな？　こんなところまで来て見つからないは勘弁しろよ」

「大丈夫だって。前に一度行ったところだし」

「おいおい、たった一度しか行ってねぇでオススメかよ」

「一度でもオススメはオススメなの！」

店があるというのは本当だろう。この辺りのそっち系の店の中には、一般人の遊べる穴場的存在の店も多いと聞く。芸能人なども足繁《あししげ》く通ってるともっぱらの噂だ。

「そこそこ、たしかその看板の角を曲がってすぐの…」

女の指差す先には、目印になりそうな大きな看板が出されており、新二は目を奪われた。

「あいつ…」

目を留めたのは、女の指先でも、点滅を繰り返している看板でもない。行く先の路地に一際背の高い男が立ち止まり、こちらにコートの背中を向けている。

見覚えのある背格好。忘れるはずもない。あれはまだほんの一週間ほど前。悠々と自分を見下ろし、笑顔でコケにしくさった男だ。無益な時間を過ごさせた男——

津久井は誰かと立ち話をしていた。ふっと笑った男が横顔を見せた瞬間、存在は確実なものとなる。目を凝《こ》らして見れば、連れの男にも見覚えがある。あの朝のオカマだ。歩き出した二人を、新二は追いかけるように歩いた。

二人が消えたのは、すぐ傍の店のドアの向こうだ。窓のない重厚な木製のドア。開いた瞬間覗いた店内は、バーのようだった。来る者を選ぶ薄暗い店とは違い、キャンドルにも似た暖かな色の間接照明が店のそこかしこに灯っている。

まるでいつか来た店。どこか懐かしい匂《にお》いのするその空気。妙に人を誘うその明かりに、新二はふらと引き寄せられた。

「ちょっと、シンちゃん、その店じゃないわよ！」

つられてドアに近づき、両脇の女たちに引き止められる。

「そっちはホンモノな方々が集まる店だって」

「ホンモノって？」

「やぁねぇ、なに惚《ほう》けてんのよ。ここがどこだか忘れちゃったのぉ？」

思い出した。ここはテリトリー外の場所。周囲を見回せば、同じ性を持つ者と惚《ほ》れただのなんだのと言い合う奴らに行き当たる場所だ。

——なんだ。

新二は思った。

ようやく、合点がいった。

「…あの野郎、ふざけやがって」

なんのことはない。あいつは友達までオカマのホモ野郎だから、女に興味がなかっただけ。それを『風俗は苦手だ』のと綺麗事を並べやがって、ようは勃《た》たないから断っただけじゃねえか。

バカにしやがって。

笑うしかない。これ以上、可笑《おか》しな話があるものか。

「シンちゃん、どうしたの？　頭でもおかしくなった？」

不穏に笑い始めた新二に、女二人が呆気に取られて顔を見合わせた。


「いらっしゃいませ！」

店員が戸口に威勢のいい声をかける度、新二もそちらに顔を向けた。

入ってくるのは無関係な客ばかりだ。会社帰りのサラリーマンに、学生らしき若者グループ。気が置けない居酒屋には次々と客が訪れるが待ち人の姿はない。

午後八時過ぎ。盛り場が賑《にぎ》わう時刻。約束の時間は十五分過ぎている。店に入ってすぐに頼んだジョッキビールはもう空だ。

気の短い新二にしては、不思議と苛立ってはいなかった。あの男のことだから、そう長く遅れたりはするまいとどこかで思っているのかもしれない。

新二が津久井に電話をしたのは、二丁目で見かけてから数日が過ぎた頃だった。

名刺はとうに捨てていた。残っていないならまぁそれでもいい——そう思いながら覗いた携帯電話の着信履歴は、四十九番目に男のナンバーが載っていた。ホストの営業は電話が命だ。履歴の多く残る機種を利用しているのは偶然ではない。けれど利用が多いだけに、まだ消えずに残っていたのは奇跡的だった。

運の悪い奴。

携帯電話に向かい、新二は思わず呟いた。

「いらっしゃいませ～」

再び店員が声を張り上げる。短くなった吸い差しを口に挟んだまま、ちらと目線を送れば、戸口の枠に頭をぶつけそうに背の高い男が入ってくるのが見えた。

テーブル席の新二に気がつくと、一目散に近づいてくる。

「遅くなってすみません。随分待たせてしまいましたか？」

「いや、十五分ってとこだな」

「仕事が思ったより長引いてしまって。夕方までの打ち合わせだったんですけど、物件の確認だけで終わるはずが、クライアントの息子さんが口を挟んで…いや、いやいや、そんなことはどうでもいいですね。遅れてしまって本当にすみません」

包み隠さず事情を説明するつもりが、言い訳がましくなっているのに気がついたのだろう。男はばつが悪そうに話を切り上げ、得意先でミスでもしでかした会社員のように頭を下げた。

「十五分だって言ってんだろ。気にすんな」

咥え煙草で椅子に踏ん反り返る新二は、さしずめ得意先の重役だ。

オーダーを取りにきた店員に新二は追加のビールを注文し、津久井はそれに倣《なら》うと再び向き直った。

「それで、僕に話ってなんでしょうか？」

微笑んで新二を見る。

知的でお堅く見える黒髪に眼鏡。顔の造作《ぞうさく》は整っており、涼しげな目元などよく見れば冷たそうな印象だ。にもかかわらず温和に感じるのは、笑っている時間が長いからにほかならない。

この男の顔の筋肉はどうなっているのか。よくもまぁへらへらと笑っていられる。

座っていると、姿勢の違いで尚更《なおさら》高い位置にある男の顔を、新二はだるそうに見上げた。

「こないだ、あんたを見たよ。三日前かな」

意味深な言葉を投げかける。

「三日前？」

「驚いたな。まさかあんなとこで会うとはなぁ。あんなとこ、俺の言ってる意味判るか？」

突然のことに頭が回らないのか、男は不思議なぐらい表情を変えなかった。

「二丁目。あんたがそっちの人だったとはなぁ。どうりで風俗なんかにゃ興味がねぇわけだ。女じゃ勃つもんも勃たねぇか？」

ふーっと煙草の煙を吐き出す。野卑《やひ》な言葉に、ニヒルな表情。悪意を向けられ、ようやく津久井がそれらしい反応を見せる。

テーブルの上で渦を巻いた煙に軽く咳《せ》き込み、困惑した様子で自分を見返してきた。

それでいい。失《う》せた笑みに奇妙に安心する。

けれど、次の瞬間、津久井は予想外のセリフを吐いた。

「すみませんでした」

「…は？」

「あの場でちゃんとそれも話しておくべきでしたね。せっかく助けたお礼にと女性のいる店に誘ってくれたのに、気を悪くしましたか？」

相変わらず的外れも甚だしい。自分の置かれた立場が、この男は少しも判っていない。

「なぁ、空間デザイナーってどんな仕事なんだ？」

「え？」

「ホモでもできる仕事なのか？　信用第一の仕事じゃねぇのか？」

名刺の記憶から察するにフリーで稼いでいるらしい。夜中に出歩いたりと時間に融通が利くのも、会社に束縛されていないゆえだろう。

フリーの仕事なら、ますます評判は大事だ。ほんの些細《ささい》なマイナスイメージが命取り。ホストの世界でも、小さな嘘《うそ》がばれたばっかりに客が逃げ、あれよあれよという間に失墜してしまうものは少なくない。

「まぁ、信用がなくていい商売なんて存在しねぇか。印象は大切だよな、印象は」

自分でも、ここまでサイテーな男だとは思っていなかった。まぁ、どこまでだろうが自分がいい人間でないのは確かだが。

ようは強請《ゆす》り。ゲイをネタに、新二は津久井を脅すつもりでいた。身なりもよく、社会的な立場もそこそこにありそうな男だ。この手のタブーには敏感に反応するだろうと思った。

本気で強請るかどうかは、この際問題ではない。

善人ぶる人間が、新二はこの世でもっとも嫌いだった。いい人がいい行いをしていい礼をされ、そんなものは虫唾が走る。

気紛れな善行で感謝されると思ったら大間違いだ。

——運の悪い奴。

いつの間にかフィルターまで吸いきりそうに短くなっていた煙草を、灰皿で揉《も》み消す。

「例えば、俺があんたの仕事先の人間に話したりしたらどうなると思う？」

新二は頬杖《ほおづえ》をつき、津久井を見た。

津久井もじっと見つめ返してくる。初めて見る真顔かもしれない。薄い唇が引き結ばれ、少し面長なその顔が色をなくす。

第一声はなんだ。

やめてくれ。冗談だろう。何が目的なんだ。

血相を変えた男の顔を想像する。

津久井が口を開いた。

「金崎くん、心配してくれてるんですか？」

「は…」

「僕はそんなに不注意そうに見えますか？　君の前で置き引きにも遭ったし、随分頼りない男に見えるんでしょう？」

臆《おく》したところもなく、新二の目を真《ま》っ直《す》ぐに捉《とら》えて言う。

「ええ、僕は同性愛者です」

嘘偽り、誤魔化《ごまか》すつもりのない言葉だった。

津久井は気まずそうにはしているが、それは新二に知らせていなかったことに対してであり、セクシャリティについてではない。自分の住む世界に後ろめたさを感じたりはしていない。

柔そうに見えて芯《しん》の通った男。単純な脅しは通用しない男なのだと判る。

バカ正直な男。おまけに――

「君に隠すつもりはなかったんです。ただいきなり自己紹介で打ち明けるのも変でしょう？そういうわけで、結果的に限られた人にしか話さないでいるんですが…君が気にしてくれるように、仕事先には知らない人がほとんどですね。まぁ、あちらも知らないでいたほうが複雑な思いをしなくていいでしょうから…」

――やめてくれ。

新二は唸《うな》るように思った。

苛々と手に取った煙草を口にする。チェーンスモーキング。吸い終えたそばからまた吸い始めようと、オイルライターの蓋《ふた》をカチリと鳴らす。指が震えそうになっていることに気がつき、苛立たしさは増した。

何を動揺してる。

やめてくれ、かんべんしてくれ。

もうたくさんだ。

「…いいかげんにしろよ!」

ドン。大きな音が鳴った。激しい音に周囲の席の者まで振り返り、タイミングも悪く注文のビールを運んできた店員は跳び上がりそうになる。

ライターを握りしめた拳《こぶし》をテーブルに叩きつけた新二に、津久井は目を丸くした。

「え…」

「てめぇ本気で言ってんのか? 惚けんな。俺が強請るつもりで言ったの判ってんだろ? 都合よく思い込むのも大概にしろよ。俺が心配? なんで俺があんたの心配しなきゃならねえんだ。バカじゃねぇのか？　どうやったら俺がそんな男に見える？　優しそうか？　いい人そうか？」

革ジャケットの胸を叩く。手首に幾重にも並んだ軽薄そうなシルバーアクセサリーが、じゃらりと音を立てた。

「教えてやるよ。こないだだってな、あの店に連れていったのは礼をするためなんかじゃない。ぼったくるためだ。いいカモだと思ったからな。判ったか、世の中善人なんか揃ってやしねぇんだ！」

くそ、くそ、クソッ。洗い浚《ざら》いぶちまけながら、身の内で叫び続ける。

津久井は黙って聞いていた。新二が一通り捲《まく》し立て終えると、男はあろうことか笑っていた。

「君はやっぱり優しい人ですね」

「はぁ？」

「少なくとも…悪い人じゃない。だってそうでしょう？　どうして僕に本当のことを言ってしまうんです？」

――運の、悪い男。

出会ってツイていないのは津久井じゃない。自分のほうだ。自分は運がなさすぎる。なんだってこんな男に出会ってしまったんだ。

一息に吸い込もうと火を点《つ》けた煙草に噎《む》せ返り、新二はいつまでも咳き込んだ。

世の中には、神様のような人間など存在しない。

新二がそれを思い知ったのは、小学生のときだった。

あれは、十二月。クリスマスの時期。放課後、教室から子供たちが出ていく中で、担任の先生が新二だけを呼び止めた。

くたびれたランドセルを背負っていたけれど、新二はまだ一年生だった。ランドセルは親《しん》戚《せき》のお下がりだ。それ自体はそう使い古したものではなく、くたびれて見えるのは周りの生徒のそれがまだ新しく、どれもあまりにもぴかぴかとしていたからだ。

担任教師は女性で、まだ若かった。もしかすると母親より若かったかもしれない。

「シンジくんにお守りをあげる」

そっと呼び止めた彼女は、新二の首に小さなお守り袋を下げた。

「先生のおうちの電話番号と、電話代も入ってるから」

なにか困ったことがあったら電話してね。

そう言って、先生は笑った。優しそうに微笑み、戸惑う新二の手にお守り袋を握らせた。

「センセ、ありがと」

なんだかよく判らないままにっと笑い返した新二の右の目の上は、土色に変色していた。数日前まで青かったものが、ようやく治ってきたところだった。

後になって思えば、教師は父親の『しつけ』を気に病んでいたのだ。今であればすぐさまどこぞへ通報されていたかもしれないが、そういう時代でもなかった。とりあえず、元気に新二は小学校へ通っていた。

学校は好きだった。給食が出るからだ。家にいたって、食事に必ずありつけるとは限らない。新二には学校に行きたがらない子供の気持ちが理解できなかった。

もらったお守りを開けたのは、終業式の翌日だ。

冬休み最初の日。クリスマスイブと呼ばれる日。酔っ払った父親が『目つきが悪い』と言ってまた殴りかかってきた日。

新二は家の近所のタバコ屋の公衆電話から電話をかけた。

『どうしたの？　なにかあったの？』

先生は電話に出てくれた。焦ったように問いかけてくるその声に、新二はうまく応えることができなかった。何かと言われても、逃げた新二は父親に殴られてはいなかった。

「電話してみたくなったから」

そう応えた後、少し間が空いた。

『…そう。いいのよ、先生がかけていいって言ったんだもの。電話してみたくなっただけ？』

「…うん」

『先生、今日は…用事があって遊んであげられないんだけど、大丈夫？　どうしても困ったことがあるなら…』

いつも溌剌《はつらつ》とした教師の声が沈んで聞こえた。言い淀《よど》む声は電話を歓迎してはいない。答えは二つ用意されていたけれど、新二が返していいのは一つしかなかった。

「困ってない」

新二は答えた。

『シンジくん、暗くならないうちにおうちに帰るのよ』

ほっとした大人の声を、新二は最後まで聞かず受話器を置いた。

行く場所がなく公園で過ごした。家にはどうしても帰りたくなかった。殴られるくらいなら、寒くてもいい。でも、できれば少しでも暖かいほうがいい。

しばらくしてから、新二は駅に移動することを思いついた。小さな町の小さな駅は、売店の一つもついていないような小ぢんまりとした駅舎だったけれど、それでも待合室らしきものがある。

駅に向かう途中、商店の傍を通った。

肉屋では焼いたチキンが売られていた。大きな丸ごとのチキン。一年でこの日にしか見ないものだ。店先のクリスマスツリー、窓辺のポインセチア。パン屋の入口に飾られたクリスマスケーキの見本に、新二はふらふらと引き寄せられるように近づいた。

いつもは閑散としている店は、ケーキの受け取り客が何組かいる。新二は店の中を覗き込んだ。両手をついたガラスの冷たさに反し、店内はとても暖かそうだった。

きつね色に焼き上がったパンの並ぶ棚越しに、新二はそれを見た。

レジの前に先生が立っていた。

小さな子供の手を引いていた。話に聞いていた先生の子供に違いなかった。ピンク色のフードつきの上着に、赤いマフラー。手袋をした小さな手は、しっかりと先生の手に繋《つな》がれていた。子供のほうを見下ろし、彼女は笑いかけた。横顔は教室で見たあの優しい笑顔だ。

レジカウンターの向こうから大きな箱が手渡される。赤や金でリボン模様の描かれたケーキの箱。新二は思わず店の前から逃げていた。

隣の店との間の隙間に、新二は小さな身を潜めた。じめじめとした冷たい空間で、先生が歩き去っていくのを息を殺して待った。

どうして隠れてしまったのか。

子供心に、出てはいけないのだと悟った。

自分は電話なんてしてはいけなかったのだと。

クリスマスだった。大切な一日だった。先生は生徒より自分の子供を優先した。間違っていない。どの家にも定員があって、新二はどこにも入れずあぶれただけの話だ。

けれど、だったら何故。

どうして優しく声をかけたりしたのだ。

自分の都合に合わせて発動される優しさなど、そんなものは新二は少しも欲しくなかった。なにも欲しがってはいなかったのに、期待した。伸ばされた手を、触れてもいいものだと信じてしまった。

新二はあの日知った。

世の中には、神様のような優しい人間など存在しない。存在しないからこそ誰もがそれを求め、神は神でいられるのだと。


寒い。冬の冷気が胸元の辺りから滑り込んできて、新二は無意識に布団を引っ張り上げた。寒さはあまり和《やわ》らがず、意識のはっきりしないまま暖かさを求める。目の前の温もりに身を寄せたのは本能的な欲求だった。温かい大きな塊。それは硬いようでいて、柔らかさがまったくないわけでもなく、新二を心地よく包む。

もっと。もっと、欲しい。

顔を擦《こす》りつけた瞬間、眉上や唇に並んだピアスがきつく擦れ、慣れた鈍い痛みが新二を目覚めに向かわせる。

――どこだ、ここ？

最初に感じたのは、自分の家ではないということだった。ホテル、客の家、よくある状況が次々と霞《かす》みがかった頭に並ぶ。昨日はどこで誰と飲み、誰とどこでやったか――過去の行いから導き出されたありがちな状況は、当然ながら女の顔しか並べない。

もぞりと布団が動いた。ぼんやりと目蓋を起こした新二の体を、誰かが寝惚《ねぼ》けた腕で引き寄せる。

不思議な錯覚に陥った。自分が一回り小さくなったような感覚。長い腕と広い胸に捕らわれ、新二はぎょっとなった。顔を押しつけた胸に、馴染みの柔らかい膨らみはない。

すっきりしない頭を振《よじ》り、ベッドサイドを目にする。落ち着いたグレーのベッドカバーの向こうに黒のサイドテーブル。シンプルなシェードのライトの下に置かれた眼鏡。

細いつや消しの銀のフレームだった。

見覚えのあるものに新二は硬直した。

そして強張《こわば》りが解けたときには行動に移していた。

新二は蹴り上げた。隣に眠る温かい塊、男の腹を膝《ひざ》で蹴り、身を起こすと今度は足裏で蹴った。突然の暴行に目を覚ました男が物言おうとするのにも構わず、男が広いベッドの端から落ちるまで、新二の勢いは収まらなかった。

眠気などどこかへ吹き飛び、荒い息で男を見下ろす。吊り上がった眉の新二を、津久井は驚愕《きょうがく》の目で見ていた。体を動かそうとして蹴られた腹が痛んだらしく、微かにうめいた。

「てめぇ、俺に何した」

うめくだけで、男は答えない。

「何したんだっつってんだよ！」

まるでパニックだ。新二は叫んだ。

実際、充分に頭の中は混乱していた。足蹴《あしげ》にされた津久井のほうが落ち着いた動きで、のそりと上体を起こすと床の上からこちらを見上げた。唸って毛を逆立てる小動物を宥《なだ》めるように、静かに言う。

「べ…別になにも。酔いつぶれた君を自分の家に連れてきた、それだけです。いくら訊いても君の家は答えてもらえなかったから」

津久井は部屋着らしき服を着ていた。自分はといえば…昨夜と同じ服装だ。服はそのまま。革ジャケットはさすがに着ていないけれど、シャツもズボンも変わらない。シャツの前がかなり開いているが、普段からルーズなのでこんなものだ。

「俺を酔わせてどうこうするつもりだったんじゃねぇだろうな？　このホモ野郎が！」

それでもなお怒鳴りつける。

新二の剣幕に震え上がるどころか、津久井は薄く唇を開き、啞然《あぜん》とした顔になった。

「僕が止めたのに飲むのをやめなかったのは君です。それに僕は確かに同性愛者ですが…だからといって、誰とでも寝るわけではありませんよ？」

目線を起こせば、広い鏡張りのクローゼットの扉に自分が映っている。

モノトーンに統一されたインテリアの中で、浮いた自分。光沢のある派手な柄シャツ。振り乱れた色のない髪に、鈍く光る顔のピアス。見るからにガラが悪そうで、小さくも可愛くもない野郎の姿——

「僕が君を襲うと思ったんですか？」

冷静に問われ、顔を向けられなくなる。

男と一つの布団で目覚めて驚いたからといって、自意識過剰な態度を取った自分は格好が悪い。

——クソ。くそっ、くそったれ。

どうかしてる。勘違いも、酔いつぶれたのも。昨夜はあの後、居酒屋で腹いせに浴びるほど酒を飲んだのは覚えているが、ほとんどザルの自分が右も左も判らないほど酔うとは信じられない。

殴られたときといい、一度ならず二度までも…どうしてこの男の前でばかり醜態を晒《さら》す。

「金崎くん、気を悪くしたのなら…」

「…うるせぇ、黙れ。てめぇのそれはもう聞きたくねぇ！」

しんとなった。竦み上がったのかと思いきや、目を瞬かせた男は気が緩んだように笑い始めた。声を立てて笑う。

いつもへらへらしている男だけれど、こんな風に本当に可笑しくてならない様子は初めて見る。眼鏡がないせいか、より若く見える。

「いや、すみません。僕も配慮が足りませんでした。目が覚めていきなりゲイの隣で寝てたら不安に思うのも仕方がない。君は…思ったよりずっと可愛い人なんですね」

津久井の言葉に目眩《めまい》がした。

頭が痛い。決して二日酔いのせいではない。

「痛…おまけに本当に手が早い。あぁ、この場合は足ですか」

腹を押さえながら立ち上がる男の顔は歪んでいた。本気で蹴りつけたのだ。笑ってはいられないほど痛むはずだった。

恨み言でも始まるのかと思えば、津久井が指摘したのは新二の顔だ。

「昨日から気になってたんですが、その痣《あざ》は…またケンカですか？」

顔の中心と左頬。つい二日前にも揉め事があり、立派な青痣が残っている。津久井を呼び出して脅そうとしたのも、そのムシャクシャのせいもなきにしも非《あら》ず。憂さ晴らしを求めていた。

「言ったら、きっと君はまた不愉快になるかと思って黙ってたんですが…」

「だったら一生黙ってろ」

「僕は医者ではないから怪我《けが》のことは判りませんが…」

「黙ってろ」

「金崎くん、ケンカはもうやめたほうがいいです。暴力は何も解決しない」

――うるさい、うるさい。

余計なお世話だ。心の中ではそう叫んでいるのに、常の新二であれば迷いもなく怒鳴りつけたはずが、何故か口が重くなり開けなかった。顔を背け、応えないでいるのがやっとだった。

「人にしたことは、どんな形にしろ自分に跳ね返ってきます。僕は…昔ケンカで後悔してることがあるんですよ」

津久井の顔からは完全に笑みが消えていた。

ベッドの端に腰を下ろした男は小さく息をつく。

「弟に……怪我をさせてしまったんです。以来ケンカは…自分がするのも、人がしているのを見るのも嫌なんです」

妙な重み。もしかするとその話はなにかタブーで、重要なことではないのかと思わせる。

知らない。

自分には関係ない。

新二は心で叫ぶ。

これ以上、津久井の言葉は聞いていたくなかった。

調子が狂うなんて生易しいものではなく、何かがガタガタにずれて崩れてしまいそうだった。


新二は同性愛者が嫌いだ。

ヘテロ愛者だから理解を示せないとか、そもそも博愛主義にはほど遠い気質だからとかではなく、新二が嫌悪するのには明確な理由がある。

昔から嫌っている男、白坂一葉がそうだからだ。

津久井に会う二日前の揉め事も発端は白坂。恋だの愛だのが絡んでいた。そう、同性に対してのだ。

顔も資本のうちのホストをやっているからには、新二も始終ケンカを売ってばかりいるわけではない。二月最後の日。まもなく春とはとても思えない酷く寒い日の朝、殴りかかってきたのは白坂のほうだった。

白坂ごときに殴られたのも腹が立つが、それ以上にケンカを売られた理由が腹立たしかった。惚れた男のため——考えれば考えるほど胸くそが悪い。

黒石《くろいし》という名の新二もよく知る男だった。黒石もまた同郷の育ちだ。同じ田舎に生まれ、同じ学校に通い…黒石とはクラスだけでなく部活も一緒だったから、新二に接点は多い。

白坂と黒石。二人の関係は当時から疑ってはいたけれど、半信半疑、所詮《しょせん》友情に毛が生えた程度のものだろうと思っていた。

今になって判った。殴られて知った。本気なのだ。男同士で、本気で好きだのなんだの…あげくちょっと黒石を貶《けな》したぐらいで自分に挑みかかってきやがった。

ばかばかしい。おかげで同性愛に対する拒否反応も激しくなった上、自意識過剰でとんだ恥さらし。ピントのずれたキリン男に笑われる始末だ。

津久井に散々調子を狂わされ、最悪の気分を引き摺ったまま出勤したその夜、仕事に入るなり新二は店長に呼びつけられた。

事務所での改まった話がいい話だったためしはない。話が長くなるのはごめんだ。新二は突っ立ったまま、男の整髪料でがっちりと固めた頭を見下ろした。

「一夜が辞めるそうだ」

応接用のソファで苛々と足を揺すりながら男は言った。

白坂が、店を辞める。

自分でも予感していたのだろうか。不思議と驚きは薄かった。

「引き止めてはみてるが、あれはたぶん無理だな。おまえがなんかやったのか？」

揃ってケンカの名残を顔に残して出勤していれば、疑惑を抱かれるのも当然か。

「さぁ…どうでしょ。けど、コレはあいつから仕かけてきたんだ」

「ふん、どっちにしろホストなら顔に傷をつくるな。どうする？　おまえ、一夜の代わりになるホストをスカウトできるか？」

「そうそう見つかるようなら、今頃店は大繁盛だね」

系列店でナンバーワンだった白坂は、この店での成績もいい。売れるホストなんてのは、容姿や素質にも左右されるが本人の努力によるところも大きい。イケメンを拾ってきたところで、ものになるとは限らない。

新二は肩を竦めてみせ、男は険しい顔のまま右足の貧乏揺すりを酷くする。

「ふざけるな。できないならおまえが代わりになれ。売上を上げろ。箔《はく》づけに幹部の肩書き背負わしてやってるんじゃないんだ」

「勘弁してくださいよ。俺だけが幹部ってわけじゃないでしょ。なんでまた俺ばっかりに…」

万人にウケるタイプではないとはいえ、新二の売上はいいほうだ。全体の責任を自分ばかりに押しつけられる謂《いわ》れはない。

男の膝の動きがぴたりと止まった。急に縋るような目を向けてくる。

「おまえしかいなくなるかもしれないんだ。リュウジが警察に捕まりそうだ。ほかも二、三人やられるかもしれん」

「はぁ？」

店の幹部の逮捕。唐突な話に面食らう。けれど、理由を問うまでもなく、新二の頭にはある一つの原因が思い浮かんだ。

職業安定法だ。『K』は不法就労者やドラッグでの後ろ暗さはないが、ツケ払いで借金の膨れた客に働き先を紹介している。表向きは個々のホストの独断で行われていることになってはいるものの、店ぐるみだろうが個人だろうが、有害業務にあたる風俗店への斡旋《あっせん》行為は犯罪だ。

「おまえは大丈夫だろうな？　ポカやってないだろうな？」

「まぁ、たぶん」

「とにかくそういうわけだ。なりふり構ってる場合じゃない。売上を落とすな。引ける客からはどんどん引け。ただし、違法でない行為でな」

嫌な発破《はっぱ》をかけられ、事務所を出た。

『たぶん』はおよそであって、確定ではない。

身に覚えはなくはない。茉莉だ。まだ風俗に沈めたわけじゃないが、脅しが過ぎたかもしれない。

あれ以来、茉莉からの連絡はない。ツケの取り立てを諦《あきら》めれば、その金額は自分が被《かぶ》ることになる。家だろうと実家まで逃げていようと、押しかけてでも釘《くぎ》を刺すつもりだったのに。

脅しが過ぎた。この状況では、茉莉がタレ込めば自分まで警察の世話になりかねない。

――ついてない。

『人にしたことは、どんな形にしろ自分に跳ね返ってきます』

こんなときに嫌な言葉まで思い出してしまった。

先行きを懸念したってしょうがない。茉莉のツケを被るのなら、その分どこかで売上を上げるまでだ。

「なぁ、新規の客入ってないのか？」

フロアに戻り、ざっと見渡した新二は、壁際で暇そうにしているホストたちに声をかける。

「新規はいないけど、怖い出戻りならいますよ」

「出戻り？」

「ケイコさん、来てるんですよ。ほら、五番」

五番、と示された席は店の入口近くで、見るからに全身に金のかかった派手女が座っていた。両隣に新人ホストがついている。

『K』で知らぬ者はいない客だった。顔は知らなくとも話には聞いている、そんな客だ。

いわゆる、語り草。それも悪いほうのだ。

ケイコはヤクザの女だった。客の男とホストが揉めることは稀にあっても、揉めた末に半死半生の目に遭わされた男など、彼女の担当以外にいない。『命があっただけ運がよかった』

と言い残してその男がホストを辞めていったのは、店内どころか他店のホストの間でも有名な話だ。

「久しぶりに遊びにきたそうだ。どうも新しい指名決める気でいるみたいだな。よくまぁ平気な顔してやってくるよ」

「万が一指名されたらと思うと、怖くて近寄れないっすね」

それで新人に押しつけて遠巻きにしているらしい。呆《あき》れた根性なしだ。

「接客だけなら構わないけど、あの人酔うと絡んでくるからなぁ。しつこいし、断るの大変なんすよ。あの人の枕《まくら》だけはごめんだもんな」

「寝るには命が惜しいってか？　もうヤ……とは切れてるかもしれないぞ。聞いたわけじゃないんだろ？」

「だったら自分が枕やればいいじゃないすか」

「冗談じゃない。俺だって命は惜しい」

言いたい放題。関わり合いになるまいと押しつけ合うホストたちの傍らで、新二はボックス席のほうを見据えた。

女は接客下手《べた》の新人に挟まれ、退屈そうにしている。長年の勘で判る。愛想笑いはしているが、客があいう顔をするときは二度と来なくなるときだ。むしろ、そのほうが皆助かるといったところか。

「いっとくか」

新二は独りごちた。

傲然《ごうぜん》と構え、冷めた目でボックス席を捉えた新二に周囲が目を剝《む》く。

「え…」

「あの客、俺がもらう。感謝しろ」

「ま、マジすか。相変わらず命知らずっすね」

別に怖いものなどない。今までもなかったし、これからも新二にはあるはずがなかった。調子を狂わせるわけにはいかない。これが普段の自分。ガタガタになんてなるはずがない。下りた前髪を搔き上げると、眉上のピアスの上を金髪が滑る。見送られるようにして、新二は客の元へ向かった。


「…イカレ女め」

洗面所の鏡に自分の姿を映した新二は、首筋を見ると吐き捨てるように言った。

左の後ろ寄りに、誰の目にも歯形にしか見えない跡がある。

一昨夜《おととい》、女につけられたものだ。

ヤクザとやらの気性の荒い男が恋人なら、その女もまた激しい女だった。お望みどおりホテルに付き合ったまではいいが、しつこい女の相手は苦行でしかない。

ホテルに入ったのは朝方にもかかわらず、午後まで付き合わされた。眠るのもシャワーを浴びるのも叶《かな》わず、ようやく女が満足して自由になれたのは正午も回った頃。これでげっそりしないほうがどうかしている。

生気を吸い取られたとはこういうことか。

おまけに興奮した女は、血が滲《にじ》むほど噛《か》みつきやがった。

「新二さん、それどうしたんすか？　大丈夫すか？」

店の洗面所だった。隣で手を洗っている男が心配そうに覗き込んでくる。

仲川だ。新二の眉間《みけん》にきっちり二本の縦じわが寄っているのにも気づかず、無邪気に話しかけてくる。

「あのヤ…の客、新二さんが引き受けたらしいっすね！」

「………」

「新二さん、さすがだなぁ。ホストの鑑だなぁ。みんなびびっちゃって、隣に座るのも嫌がってたのに。おとついはアフターどこ行ったんすか？　やっぱホテルっすか？」

相変わらず空気の読めない男だ。悪気ない言葉がいちいち神経を逆撫《さかな》でているとも知らず、興奮気味に騒ぎ立てる。

指名が伸びないだけある。致命的に社交センスのない人間というのはいるものだ。

「あ、今夜も来てるみたいっすね。よっぽど新二さんのこと気に入っ…」

「ナオ、また殴られたくねぇなら黙ってろ」

開襟シャツの襟を立て、嚙み跡をどうにか隠した新二は洗面所を後にする。

「シン、遅い〜！」

席ではケイコが待っていた。

物怖《ものお》じしない新二を、彼女は気に入ったらしい。二日と空けずの来店だった。

「ドンペリ入れようと思うんだけど、どれがいい？　白？　ロゼ？」

「そりゃゴールドに決まってる」

「正直ね。いいわよ、でもその代わりサービスは忘れないでね？」

サービスとは、ドンペリコールのことかそれとも今夜のアフターか。

ずしりと圧しかかる期待に新二は無意識に首筋を押さえた。

シャツの襟に隠した嚙み痕が、じくじくと疼《うず》いた気がした。

◇ ◇ ◇

その日も目覚めはすっきりとしなかった。

酒浸りな上、慢性的に寝不足の毎日。すっきりしたほうがおかしい。

ケイコは来る度大金を落としていくが、その分だけアフターは連なり度々ホテルに付き合った。

女がホスト遊びで解放感を得た分だけ、新二の気分は塞《ふさ》がれる。疲労のせいに違いない。

金に不自由のない女は、ヤクザの相手とホストのツマミ食いですむ毎日かもしれないが、新二には他の客との付き合いもある。

薄暗い雑然とした部屋のベッドに、新二は転がっていた。

日当たりの悪い部屋。鉄筋八階建て、古い2DKのマンション。十七のとき田舎を飛び出してきてから、引っ越しは一回しかしていない。もっとも、最初は家出少年同然で、知り合った奴の家を転々としていたから引っ越しの数に入れられないだけだ。

今はもっといい部屋に住もうと思えばできる。けれど、引っ越しは面倒だったし、日の当たらない部屋に馴染んでしまった。真夜中に慣れた体には、昼の日差しは眩《まぶ》しすぎる。

空が青い。カーテンの隙間に久しぶりに晴れ渡った空と、西新宿の高層ビル群が遠く見える。あの下はきっと賑やかで、大勢の人間があくせくと働いたり、歩き回ったりしているのだろう。

昼間の喧騒《けんそう》から隔たれた場所にいると、このまま誰にも気づかれずに朽ち果てていくんじゃないかという気さえしてくる。

新二はぼうっと起こした目蓋を閉じた。

次に目を開いたのは、日が暮れかけてからだった。明かりを灯した部屋で一服し、シャツに袖を通す。金髪に櫛《くし》を入れ、一瞬迷ってから黒い革コートを羽織った。今朝方寝る前に枕元に放《ほう》り出したシルバーアクセサリーを引っ摑み、指や手首に嵌め戻しながら家を出る。

地上を目指すエレベーターは、古びて音が煩《うるさ》い上、少し籠《こも》った匂いがする。途中から中年女性が乗ってきて、新二をぎょっとした目で見たが、一睨みして背中を向けさせた。

いつもと変わらない夜。遅い一日の始まり。いつもと同じ繁華街へと向かう。

気が重い。店に出るのが億劫《おっくう》だ。一歩歩くごとに、足までもが重くなるのを感じた。

今日が何の日か。昼に目覚めたときから、新二には判っていた。

今日で、白坂が店を辞める。

三月の最後の金曜日。今夜は『K』では白坂の引退イベントが開かれる予定だった。

なんだってあいつのイベントを自分が盛り立ててやらなくてはならないのか。

苛立ちの理由はそれだけではない気がする。歌舞伎町の店に辿り着くと、エレベーターを待つ間も新二は苛々を募らせた。早く控え室で一服でもしなければ気がすまない。

エレベーターは店のある六階で止まったまま、一向に降りてこようとしなかった。店の誰かがもたもたしているのだろう。

「…ちっ」

舌打ちして階段に向かう。くだらない理由だったら許さない。そんなオーラを噴出させながら新二は上り始め、あと一階分というところで、階段室が急に騒々しくなった。

「帰れよ」

言葉が頭上から聞こえた。『来なくていい』だの『変』だの…聞き取れるのはところどころだが、誰かを追い返そうとしているとしか思えない男の声。よく知った男の声は、白坂に違いなかった。

会いたくもない。再び舌打ちしたい気分で仰げば、なにか金色のものが見えた。

手すりの間から覗くのはリボン。酒のボトルに結ばれた金色のリボンだ。ボトルを握る黒いスーツの男を確認し、新二は息を飲んだ。

黒石篤成。

なんだってホストを辞めたはずの男が、こんなところにいるのか。

系列店の『プラチナ』に勤めていた頃には、特別なイベントとなれば律儀に酒の一つも持って訪ねてきていた男だ。別に顔を出したからといっておかしくはないのかもしれない。

しかし、白坂のほうは嫌がって見える。鬱陶しいやり取りを繰り広げる二人の前に構わず出ようとして、新二の動きは完全に止まった。

黒石の腕が宥めるように伸びたかと思うと、白坂のスーツの腕を引っ掴み、前触れもなしに口づけたからだ。

いきなり繰り広げられた光景に、新二は驚いた。受け止める白坂も目を瞠らせていた。けれど、すぐにその唇には笑みが浮かんだ。幸福そうな寛いだ表情。いつ何時も無愛想な黒石の横顔は相変わらずだったが、何度も唇を押しつけるその仕草が愛を語って見えた。

新二だけが硬直したままだった。

二人は眼下の見物人にまったく気づかない。

ひらり、ひらり。黒石の左手のボトルのリボンだけが、新二の視線に応えるかのように小さく揺れて光っていた。

——ホモ野郎が。

喉まできている言葉は、何故だか声にできなかった。どやしつけることなど容易いはずが、新二にできたのは踵《きびす》を返すことだけだった。やっと上り詰めた階段を一気に下り、そのままの勢いでビルを飛び出した。

何故こんなにも心がざわつくのか判らない。あの二人がそうであるのは判っていた。

白坂が店を辞める理由は、田舎に帰るからだと聞いている。ちょうど一ヶ月前、系列店で黒石が辞めたのと同じ理由だ。

黒石を追うつもりなのだ。

それ以外、新二には考えられなかった。あの町…一店だけのコンビニエンスストアに誘蛾《ゆうが》灯《とう》のように若者が群がり、古びた駅舎に、小さな商店街。ありふれた川が一本流れているだけのあの町に、二人で帰るつもりなのだ。

新二はふらりふらりと街を歩いた。

店に戻る気になれない。メシの種のホストに関しては真面目な新二にとって、初めての無断欠勤になろうとしていた。

もう春であるのが嘘のように、夜はまだ冷え込んでいる。パチンコでもして時間を潰そうにも、あの馴染みの騒音を今は聞きたくなかった。

何故、そこを選んだのかはよく判らない。ふと頭を過《よ》ぎったのは、あのキャンドルに似た光に包まれた店。一時間ほど彷徨《さまよ》い歩いたのち、新二が立っていたのは木目の分厚いドアの前だった。

ドアを押すと、喫茶店のようにドアベルが鳴る。店の空気はあの夜目にしたのと同じ、暖かく、そして明るかった。明るいといっても照度は低く、落ち着いた橙《だいだい》色《いろ》の空間だ。

「いらっしゃい…」

カウンターの中のバーテン服の男がこちらを見る。細いなよっとした体の色白男。眉を整えすぎたその顔は、驚いたことにあの三木乃とかいうオカマ男だ。居合わせるかもしれないとは思っていたが、まさかバーテンとは考えもしなかった。

男もすぐに気がついたらしく、表情が変わる。

「なんであんたが店知ってんのよ？　なんの用？　やっちゃんなら来てないわよ」

「あの野郎になんか会いたかねぇよ。ふーん、あんたここで働いてんのか」

「あたしの店よ」

「へぇ、すごいじゃん」

勧められもしないまま空いたカウンタースツールに腰をかける。場所が場所の店だが、男性客しかいないことを除けば極普通のバーに見えた。まだ早い時間にもかかわらず、そこそこに客がいる。

全体的に古めかしいつくりのバーだ。風化したようなレンガ壁のクラシックな店内で、テーブルやカウンターもいい具合に使い込まれた風合いがある。

「ちょっと、勝手に座らないでよ！」

「おいおい、この店じゃオーナーバーテンがそんな顔かよ」

「客以外にいい顔見せる筋合いは…」

「バーボネラ」

酒を告げると、三木乃の頬がひくりとなる。

「本当にただ飲みにきたんだぜ？　ちょっと暇つぶしにな」

その言葉を聞くと男は渋々といった顔で、手を動かし始めた。同じカウンター内の少し離れた位置に入っている若いバーテンが、心配げにこちらを窺っている。

グラスはほどなくして出てきた。

「なぁ、聞きたいことがある。オカマってのは生まれたときからオカマなのか？」

再び三木乃の頬はひくつく。

「教えろよ。客の質問だぜ？」

「プライベートに応える義理はないわね。メニューについてならいくらでも応えるけど？」

「ふん」

一気にグラスを空ける。間を置かずに次の酒を頼んだ。酒が出てくるまでの間、煙草を吹かしていると、背後から男が一人声をかけてくる。

スーツ姿のサラリーマン風の男だ。

「君、一人？　隣に座ってもいいかな？」

「ああ？　なんで俺がてめぇと並んで座らなきゃなんねぇんだ。人見て物言いやがれ、このホモ野郎が」

馴《な》れ馴《な》れしく肩にのせられた手を振り払う…までもない。新二は警告もなく男を蹴りつけた。腿《もも》を掠《かす》めただけですんだのは、手加減したというより、単にスツールに座ったままで狙《ねら》いづらかっただけだ。

「大人しくできないなら出ていってちょうだい」

三木乃はテーブル席へ戻っていく男にぺこぺこと頭を下げ、新二を睨んだ。

「なにもこんな凶悪なのに声かけなくてもいいでしょうに」

溜め息まで一つ。新二を横目で見る男は二、三度瞬きすると、カウンターに身を乗り出した。

近眼なのかもしれない。眉根をぎゅっと寄せ、至近距離でじっと見据えてくる。

「…なんだぁ？」

「へぇ…よく見ると、あんた割と可愛い顔してんのねぇ。その顔中のモノ、どうにかすれば少しはマシになるんじゃない？」

「余計なお世話だ。オカマに可愛いなんて言われて誰が喜ぶかよ」

出されたロックグラスに口をつけると、カツリと唇のリングが鳴る。

いいかげん帰ってくれないか。そう言い出されそうになる度、客であるのを誇示して酒を頼んだ。途中からは、帰ってやるものかと妙な意地になっていたのかもしれない。

空《す》きっ腹の酒で酔いも回り、目蓋が重くなり始める。意固地になるうち、二時間近くが経《た》とうとしていた。

オーク材のカウンターにうつ伏せるように身を投げ出していると、カランとドアベルが鳴った。ぼんやり目を向けた新二は舌を打つ。

「…なんで呼びやがったんだ」

「あんたみたいな狂犬、暴れ出したら抑える人がいてくれないと困るでしょ」

「アホか。あいつに俺が抑えられるわけねぇだろ」

「あぁ、知らないんだ？　やっちゃん、あぁ見えて強いのよ。大学まで合気道やってて全国大会出てたくらいだからね」

コイツが？

目の前に歩み寄ってきた男を見上げる。

「金崎くん、三木乃の店に来てるっていうから驚きました」

知らせを受けて飛んできたのだろう。走ってかタクシーか知らないが、息が上がっている。

「久しぶりですね」

のほほんとしたキリン男は、新二と目が合うと嬉しそうに微笑んだ。


「ユウちゃん、塩撒《ま》いて」

帰り際、カウンター内の若いバーテンに聞こえよがしに言う三木乃の声が聞こえた。

「帰る」と言って立ち上がったのは、もちろん一人での帰宅のつもりだったのだが、当然のように津久井も店を出た。

「送ります。随分飲んだんですか？」

「大して飲んでねぇ。一人で帰れる」

こんなのは酔っているうちに入らない。そう思ったそばから、足が縺れた。

「やっぱり飲んでますね」

「ふん、あんたも毎度物好きだな。随分暇そうじゃないの。ま、俺も似たようなもんだけどな、ホストなんて毎晩女と飲んで騒いでセックスして、そんなの繰り返しだかんなあ」

そりゃ羨ましい。そんな言葉が返ってくるのを想像した。実際、十中八九嫌味を込めてそう言われる。女と遊んで稼げる仕事。まぁ男ならそう考えるのも無理はない。ホモから見たって楽そうに決まってる。

けれど、津久井の反応は違った。

「それは…大変そうですね。たまになら楽しいかもしれませんけど、いつも調子よく相手に合わせるのは難しいでしょう？」

「…ふん」

判ったような口をきくな。そう言うつもりが、小さく鼻を鳴らしただけで終わってしまった。その『判ったような口のききかた』ですら今までする者はいなかった。

津久井は結局部屋までついてきた。徒歩で十五分とかからない距離だ。

「ついてきたって茶なんか出さねぇぞ」

玄関先まで付き添ってきた男に素っ気なくはしても、特に追い払いはしなかった。

眠い。心地いい酩酊感《めいていかん》。部屋の鍵を投げ出し、新二は火照《ほて》った体を床に落ち着けた。

「ちょっと、そんなところに座り込んだら駄目ですよ」

部屋とキッチンの境目に座り、ドア枠に凭《もた》れて目蓋を閉じれば、男が慌てた声を上げる。

しばし躊躇う間を置いてから、津久井は革靴を脱いだ。

「金崎くん、寝るならベッドとかせめてソファ…と、これは随分…」

引っ張り起こそうとした男の動きが止まる。部屋はお世辞にも片づいてるとは言い難い。

「最近、掃除するような女もいないしな。ま、部屋なんて片づかなくても死ぬもんじゃねぇ」

何の因果か二度も世話になった津久井の部屋は、異様なほど綺麗に整えられていた。普通の男なら許容範囲かもしれないが、こうも違えば対照的すぎて目も回るだろう。

「まぁ…それはそうですね。僕は父が厳しい人だったから、変に神経質に育ってしまって…うん、このほうが人の住んでる部屋って感じがしていい」

「嫌味にしか聞こえねぇ。あんたのオヤジ、なにやってんだ？」

「建築士です」

「だろうな」

「建築士が？」

「いや、金持ちってことさ。いいとこのぼんぼん臭が漂ってるからな、あんたは」

ふっと息をつき、新二は津久井を見上げる。

「親子揃って建築関係か。そういや弟もいるんだっけな？　弟もそっち系か？」

男は曖昧《あいまい》な顔を見せた。

問いには応えず、腕を引いた。

「…さぁ、立って。ここは冷えます。エアコンのリモコンは？　どこにあるんですか」

「その辺に埋まってんだろ。先週から見てない」

まだ夜や明け方はかなり冷え込む。部屋を暖めたいのは山々だったが、数日前からリモコンは行方をくらまし捜していない。

「困りましたね」

部屋をぐるりと見渡し、リモコン捜しを始めた男の背を、新二はぼんやり見つめる。

見るともなしに眺めていると、やがて宙に浮いたままだった疑問が、自然と口から零《こぼ》れた。

「なぁ、オカマってのは生まれたときからオカマなのか？」

動き回る背は、声だけで応える。

「三木乃のことですか？」

「いや、一般論？　オカマっていうか…ホモはいつからホモになんのかと思ってな。きっかけでなったりするもんか？」

「初恋から男だったって人もいれば、大人になって初めて自分の性癖に気がつく人もいますよ。人それぞれかな。どうしてです？」

「いや…つまんねぇきっかけでホモってる奴がいるからさ」

些細なきっかけだった。二人が親しくなったのは、あまりにもくだらない、中学の頃に自分の考えた罰ゲームが始まりだ。

どうしてそんなもので好きになれる。十年経った今でも、惚れただのなんだのといえる関係になるのか。今夜見たばかりの二人のキスが頭に蘇る。キスそのものよりも、幸福そうなその表情が頭に残って離れなかった。

どうして。どうしてだ。理解できない。

「なんで簡単に野郎なんか好きになれんだ」

「恋はそんなものじゃないでしょうか。君だって難しく考えて女性に恋に落ちるわけじゃないでしょう？」

「まぁいい女ならヤってみたくなるのに理屈は関係ねぇな」

捜す手を一瞬止め、津久井が振り返った。

「金崎くん、それは少し恋と違いますよ」

苦笑され、判りかけたものがまた遠退《とおの》く。

ヤりたい以外の恋って何だ。

津久井は窓際のベッドの周囲を捜している。

「なぁ、ホモってそんなにいいのか？　面白いか？」

「面白いかどうかは判りませんね。普通の人が女性を好きなように、男性を好きになるというだけです。少なくとも僕は」

「ふうん。けど、胸もねぇし、ケツに突っ込むんだろ。さっぱり判んねぇ、なにがいいのか」

ストレートで下世話な物言いに男は少し笑った。

「どうしてそんなに拘《こだわ》るんです？　そのゲイだっていう人たちと君は…あ、あった」

ベッドの頭側を覗き込み、声を上げる。壁との隙間に落ちてしまっていたらしいリモコンを、津久井は長いリーチの腕で拾い出した。

「ほら、見つかりました。よかったですね」

数日振りにエアコンが唸り出す。

「おい、津久井」

初めて名を呼んだかもしれない。操作している男の背に、新二は声をかけた。両足を投げ出したまま、近づいてきた男のスプリングコートの端を引っ摑む。

無理矢理しゃがませた男に言った。

「ちょうどいいや、試してみっか」

「…え？」

「おまえと、キスしてみる」

酔っていたのだろうか。いや、確かに酔ってはいた。じんわり体は火照っていたし、尻の下の床や、背を支えるドア枠の冷たさが心地よかった。目蓋を閉じれば、ふわりと浮きそうに平衡感覚が怪しい。

「何言って…」

「おまえ、男じゃん。試すにはちょうどいい。気持ちいいもんかしてみる」

本当にそれだけが理由だった。興味が嫌悪を上回った。津久井であることには何の意味もない。

身を近づけると、やんわり押し返されむっとなる。

「なんだ？　俺じゃ不服だってか。まさか好きな相手としかできねぇとか言い出すんじゃないだろうな？」

「僕は…正直、君を嫌いではありません」

「は？　だったら別にいいじゃねぇか」

「嫌いでない相手にキスをするのは、のちのち問題になりかねない」

哲学かなにかか。意味が判らない。

「つべこべ言わずにさっさとやらせろ。減るもんじゃねぇ」

新二の手つきは、人に殴りかかる際とそう変わりなかった。男相手にムードをつくる気もない。コートの胸倉を鷲掴《わしづか》み、自分のほうへ引き寄せる。

「金崎く…」

同意を求めたところで頷きそうもないから、勝手に奪った。バランスを失い膝をついた男の元へ身を伸ばし、引き結ばれたそれに自分のものを押し合わせてみた。

意外に温かい。少しかさついていた。グロスや口紅でべたつく女の唇とは違い、なんの匂いも奇妙な味もしやしない。同性とのキスは、刺激的どころか淡い感触だった。

試しに舌も突っ込んでみるか。

唇のあわいに舌を滑らしながら、ふと伏し目がちだった視線を起こせば、眼鏡のレンズの向こうで津久井もこちらを見ていた。焦点が定まらないほど近くに、その眸《ひとみ》はある。

咎められている気がして、腹立ち紛れのように唇を強く押しつける。

引かれて追いかけた。触れたと思えばまた逃げられる。床を這《は》いながらそんなことを繰り返すうち、男が言った。

「…これ…」

「……何?」

「キスをするときも外さないんですか?」

唇のピアスのことを言ってると気がつくのに、一瞬間が空く。それほど新二の身には馴染んだ存在だった。

「いちいち外すかよ」

「痛くないんですか？」

「え…」

「なんだか君…痛そうで、気になってできない」

「痛そうって？　俺がか？」

そんなことを言われたのは初めてだ。邪魔だと言われたり戯れに引っ張られたりすることは度々でも、多少引き攣れて痛んだところで、誰も気に留めたりはしなかった。

「外しても？」

「え、あ…あぁ」

津久井の指がリングを撫でる。

「口、開けてもらえますか？」

薄く口を開くと、そっと唇が捲られ繋ぎ目を探られた。器用な指先だった。触れただけで仕組みは理解したらしい。接合する小さなボルトを外す間、指先は何度も慎重に唇を捲り直し、その度にどこか胸が騒いだ。

おかしい。おかしい。こんな風に素直に従う自分は変だと思った。

抜き取られる瞬間に感じた僅《わず》かな痛みは、すぐに判らなくなる。ぽっかりと空いた小さな穴を塞ぐように、唇がそっと押し当てられる。舌先で撫でられて身が竦んだ。中学一年の頃、友達の姉ちゃんとふざけて交わした初めてのキスを新二は何故だか思い出した。

驚いて顔を引く。追いかける津久井が身を寄せ、ドア枠に体を押しつけられ、再び唇を重ね合わされても、何が起こったのかしばらく判断がつかなかった。

「なん…っ、ん…」

ぬると入ってきたものが、新二の口腔《こうこう》を撫でた。歯列を割り、体の内を浚《さら》い出す。絡んできた舌は、艶《なま》めかしくくねって新二を煽ろうとする。

熱い。柔らかいくせして、力強い。こんな情熱的なキスをする男だということに驚いた。穏やかそうな津久井の中に、熱の塊がある。

寄せた顔に眉上のリングが擦れる。鼻先がぶつかり合い、その高い鼻梁《びりょう》に鼻の脇のピアスも突かれた。深く押し合わされ、揉みくちゃにされた唇。

「…っ…」

酸素を求めて弾ませた肩に、ようやく唇が解放される。息は上がっていた。はぁはぁと乱れた呼吸を整える新二の口元に、津久井は再び唇を寄せてきた。

緩慢な口づけ。今度は戯れるようにそっと唇を啄《ついば》む。左端のホールの空いた辺りを、何度も優しく吸われ、それはむず痒《がゆ》さにも似た感触だった。

心地がいいから、堪え難かった。

「どうして…君はそんなにピアスをつけるんです？」

問われて反抗的になった。

「…う…るせぇ。見た目に決まってんだろ、さわんな。もう終わりだ、終わり。さっさと帰れよ、ホモ野郎」

自分から誘っておきながら、追い出そうとする。自分が滅茶苦茶《めちゃくちゃ》なことを言っているのは、新二にも判っていた。

新二が初めてピアスをつけたのは、中学二年の春だった。

ピアスをくれたのは、卒業した部活の先輩だ。何の変哲もないシルバーのリングピアス。たぶん街に出れば露店やなにかで数百円で売ってるようなしょぼいピアスだったけれど、手のひらにのせたそれは光っていて、新二を魅了した。

左耳の穴は先輩が空けてくれた。酷く痛かったけれど、カッコ悪くはなりたくなかったから黙って堪えた。

『おまえ、つえぇよな』

先輩にそう言われ、左耳に輝くリング以上に自分がカッコよくなれた気がした。

学校は教師がうるさかった。校則は厳しく、部活にも入っていた。ピアスをつけて登校するつもりのなかった新二が、その禁忌を犯したのは二学期に入ってからだ。

その夏、部活のバスケットボールで試合に負けた。全国大会に向けての、ブロック大会だった。

部活は好きだった。中学に入っての部活という新しい世界は新二を夢中にさせた。身長こそ高くはなかったが、誰よりもジャンプは高く跳べたし、機敏に動き回ることができた。コートの上では家も学力も関係なかった。ただボールを追いかけ、奪い、リングに叩き込むだけで新二は皆から尊敬され、好かれることができた。

まだ子供だった。夢を見ることができた。

高校に行けなくても、全国大会にさえ出れば誰かが才能を見出《みいだ》してくれる。いずれは中卒のバスケットプレイヤー。幼い心は柔らかく、自由に将来の夢を形に変えられる。

けれど、現実はそうではない。

全国大会どころかブロック大会で、新二の中学は敗戦した。新二はほとんど活躍もできないまま。それ以上にショックだったのは、優勝した中学が、翌週行われた全国大会で一回戦負けしたと知ったときだった。

自分の考えがどんなにか幼く、子供であるかを知った。人はそうして大人になっていくのかもしれない。けれど、新二にはもう未来など残されていないように思えた。

夏休みが終わり、新学期が始まった。

左耳にピアスを輝かせた新二を、クラスメイトの何人かは『カッコいいね』と言い、そして担任と部活の顧問は『すぐ外せ』と叱《しか》りつけてきた。

身なりに厳しい顧問は新二を殴りつけた。試合に出さないと脅した。新二は従わず、本当にその日から練習試合にすら出してもらえなくなった。

出してもらえないから、部活には出ない。

放課後も、授業前の早朝も、あれほど通い詰めていた体育館へ、新二は足を向けなくなった。

左の耳に通した金属の光は、努力を放棄する言い訳になった。

「あんた、はっきり言ってバカだろう？」

ウイスキーグラスを傾ける新二《しんじ》は、肩をハンカチで拭《ぬぐ》っている男を横目に口を開いた。

バーカウンターで隣に並んだ津久井《つくい》は、ジャケットの肩をしきりに押さえている。まだ濡《ぬ》れているのだろう。グラスを手に背後をフラつき歩いていた客が、足を縺《もつ》れさせて津久井に酒を浴びせたのはつい数分前。当の客は軽く詫《わ》びただけで、もう背後のテーブル席で仲間と高笑いしている。

「やっちゃんはバカなんじゃなくて、人がいいだけよ」

カウンター内から、生白い手がぬっと伸びてきた。空になった新二のグラスを下げる傍らぼそりと言ったのは三木乃《みきの》だ。

「それがバカだってんだ」

負けじと呟《つぶや》き返す。

新二は三木乃の店へ、もう幾度か訪れていた。

バーテンが煙たい顔をすることを除けば、店はそう悪くない。落ち着いたどこか懐かしさすら覚える雰囲気の店内は、正直居心地がよかった。家からも徒歩圏内な上、ここなら客や歌舞伎町《かぶきちょう》の顔見知りに会う煩わしさもない。飯も美味《うま》い。オカマのくせに…いや、オカマは関係ないだろうが…フードは美味《おい》しく、仕事の前に腹ごしらえするにもちょうどよかった。

津久井も夕飯代わりに来ているらしい。

店で鉢合わせても、最初は隣に座る気はなかった。

けれど、たまたまバーで居合わせただけの他人を保つのに必要な距離は、ある夜物理的な事情によりなくなった。店が混雑していて、カウンター席が津久井の隣以外空いていなかったからだ。以後、暗黙の了解のように隣に座るようになった。新二にとって都合のいいことには、津久井を隣に置いておくだけで、ハント目的のホモ野郎どもが寄ってこない。

「まぁ誰にでも失敗はありますから、こういうのはお互い様ですよ」

ハンカチをポケットに押し込みながら、左隣の男が言う。

「お互い様ねぇ。俺は自分の失敗を頭下げて許してもらおうとは思わない代わりに、他人の失敗も許さねぇ。それに、わざとなんじゃねぇ？」

「わざと？」

「あの男、ナンパに失敗してムシャクシャしてるみてぇだったからな。八つ当たりだったらどうする？」

「もしそうでも、このくらいで気が晴れるのならよかった」

「ふん、言うと思った」

この男らしくて、もう笑いしか出てこない。

「あんたさ、やっぱ宗教でもやんなよ。駅によくいんだろ、説法語《かた》ってんのが。お似合いだぜ」

つい皮肉を口にし、『勘定』とぶっきらぼうに三木乃に声をかける。津久井は残念そうな顔を見せた。

「もう行くんですか？」

「あぁ、同伴の約束の客がいるからな」

まだ八時だが、店に向かう前に食事の約束をしている。だから今日はここでは一杯ひっかけただけだ。

「あ？」

立ち上がろうとしたところ、携帯電話が鳴った。カウンターに転がしたままのそれを開くと、新二は思わず唸《うな》った。

「…マジかよ」

メールだ。今から会うはずの女…ヤクザの女、ケイコからだった。『今夜は行けなくなった』と一方的な断りのメール。それはいい。別に客なのだから、新二もたまのドタキャンぐらいでいちいち目くじらを立てたりはしない。つい二日前にもアフターで付き合ったばかりで、むしろ解放されて嬉《うれ》しいぐらいだ。

問題はその後だった。

『バレてやばいの。しばらく店には行かないでおくから、気をつけてね』

随分とまぁ、無責任な内容が書かれていた。

血の気の多いヤクザの恋人とやらに、早くも男遊びが知れてしまったらしい。

夜道には気をつけろってか。

さすがに店に乗り込んではこないだろう。以前もそれはなかった。歌舞伎町にはヤクザのシマが山とあり、複雑な関係を成しながら住み分けられている。余所者《よそもの》のヤクザが乗り込んできて一暴れなど、許されるはずがない。ヤクザは怖い存在であると同時に、治安を保ってもいる。

しかし、ときにそんな当たり前の判断すらつかなくなってしまうのが痴情の縺れってやつだ。

スツールに浮かしかけた腰を戻す。

「約束のお客からだったんですか？」

「あぁ。今日はやめとくってな。ラッキーなんだか、困るんだか」

しつこいセックスにはうんざりでも、売上が落ちるのは困る。店長の予想が的中、警察のテコ入れで店の幹部が職業安定法違反で一人捕まった。今のところ店の責任までは追及されていないが、これからどうなるかは判らない。当然客にも噂《うわさ》は広がり、看板イメージだって悪くなる。

「メニュー」

とりあえず腹ごなしだ。三木乃に声をかけると、耳ざといオカマは揶揄《やゆ》るのを忘れなかった。

「なに、お客に振られたの？　あんた、本当に指名ついてんの？」

「舐《な》めんな、八年やってんだ」

「あらら、そんなに？　意外と頑張ってんのね」

「田舎《いなか》から出てきてほとんどずっとだからな」

「田舎ってどこ？」

別に隠す必要もない。教えれば県名は当然判ったようだが、その先は首を捻《ひね》られるばかり。ぱっとしない地方のそのまた外れ、観光客なんて来るはずもない小さな田舎町だ。

「ま、なんもねぇところだな。今頃の時期は川沿いの桜が綺麗《きれい》だったけど、それだって別に他所《よそ》と大して変わらねぇし、つまんねぇからとっとと出てきたってわけ」

「ふうん、それで田舎の純朴少年がこうなっちゃったわけ？　都会って罪よねぇ。あたしも大学で上京してなかったら、この世界知らずに今頃どっかで真っ当な会社員やってたかも」

「俺はガラの悪いのは昔っからだから、田舎にいたって変わらねぇよ。中学んときにはもうこうだったしな」

渡されたメニューに目線を落としたまま応える。

ふと思い出し、新二は笑った。

「どうしたんですか、金崎くん？」

「いや、そういや小学校んときも似たようなもんだったと思ってな。六年のクラスで給食費が盗まれたときも、一番に疑われたのは俺だったしな。あー、牡蠣《かき》のガーリックオイル焼き、あとフリッツとコロナ」

注文しながら、さらりと言う。渋い顔をしたのは新二ではなく、津久井のほうだった。

「それは…酷《ひど》い」

「別に酷くねぇよ。実際、俺が盗んだんだからよ」

「え、盗んだって…」

「なんだ、疑われて可哀相な子供の話にでもなると思ったのか？　盗んださ。盗んだって盗まなくったって、どうせなにかありゃ俺が一番に疑われんだ。だったら盗んじまったほうが

「いい」

投げ遣りでも、達観したわけでもない。それが現実。あの頃、新二はすでに判っていた。どうせ人が自分を見る目など変わりはしないのだから、だったら欲望だけでも満たせたほうがいい。

「それで君は満足だったんですか？」

「え…」

「信じてもらいたいとは思わなかったんです？」

隣を見ると、何故だかかわしたキスを思い起こした。情熱的で、そして…やけに優しい、自分にはそぐわないキス。ふっと苦い笑いが込み上げてきて、新二は返事を濁した。

カツリ。出てきたビールを口元に近づけると、あの夜外したピアスが音を立てる。

津久井が思い出したように言った。

「そうだ、さっき桜って言ってたけど…近いうち見にいきませんか？　来週ぐらいまでは見頃でしょう？」

「あんたと俺で桜を？　冗談だろ」

「見たくないです？　さっき、田舎は桜が綺麗だって言ってたじゃないですか」

「そうだっけ？」

惚《ほう》けてはみたが、忘れようにも新二の田舎の姿は桜の季節で時を止めている。

頭の中に浮かぶ町の姿は、いつも九年前の春。

十七歳の春、勝手に町を飛び出した新二に当然見送りはなかった。

同じ工場で働いていた塗装工仲間には、『東京《とうきょう》に出る』と教えた。なんのあてもない出発。

『東京』という言葉の響きだけが、新二の中で誇らしかった。母は少しは悲しめばいいと思った。父は悲しみなどしないと判っていた。

揺れる電車の中で最後に見た光景は、小さくなっていく町並み。山裾《やますそ》に目印のように立っていた鉄塔が小さくなり、電車のカーブに合わせて山の向こうに消えた瞬間、ザマアミロと意味もなく思った。


「…桜だ」

夜の闇《やみ》にぼんやりと煙る白い花々を仰ぎ、新二は呟く。

翌週花見に訪れたのは、新宿《しんじゅく》の花見スポットの一つ、都庁裏の新宿中央《ちゅうおう》公園だった。

時刻は十時になろうとしていた。宴会は許可されているのか知らないが、あちらこちらで人がグループをなし騒いでいる。芝生は宴会、ベンチはカップル。新二は公園に入ってすぐの桜の下に立った。

見上げる花の枝ぶりは、夜空に聳《そび》える都庁を覆って見えるほどだ。

「正直、君が行く気になるとは思いませんでした」

「別に。なんとなくな…たまには花見もいいかと思って」

「そうですか。じゃあ、二人で宴会…にはほど遠いですけど、これを。さっき店を出るときに三木乃がくれました」

二人は三木乃の店で落ち合ってきたところだ。

津久井は提げていたビニール袋をごそごそし始める。何を取り出すのかと思えば、小さなコップ入りの酒が二つ。

「カップ酒？　おいおい、オヤジ臭いバーだな、こんなの置いてるのかよ」

「メニューには載せてないそうなんですけどね。最近また流行《はや》ってるらしいですよ。いろいろな銘柄の酒が出回ってるそうです」

「ふうん。ま、こういう場所で飲むには手軽でいいか」

蓋《ふた》を開けて差し出されたカップを受け取る。

「おう、サンキュ」

するりと礼を口にした。

視線を感じて見上げれば、津久井は少し驚いた顔をしている。

「なんだ？」

「いえ、君からそんな風に言われるのは初めてだなと思いまして」

「…嫌味が言いてぇのか？」

自分では気がついていなかった。バツが悪い。横目で睨《にら》むと、『すみません』と返しながらも男の目は嬉しげに笑っていた。ますます具合が悪い。

「じゃあ乾杯しますか」

「なんにだ？」

「そうですね…出会えたことに？」

「気色わりぃ」

コイツは案外ホストになったら、変り種で客がつくのかもしれない。

天然だ。ホストだってそんなセリフ使う奴は極限られている。しかも、ニコニコとまぁ妙な擬音が顔から飛びそうなほど笑ってやがる。

無視して酒に口をつけた。つい、チラと目線を送ったのがまずかった。あからさまに残念そうに手元を見るから、ついふらふらとカップを突き出していた。

カチリ。安っぽいガラスの音が鳴る。素早く互いのカップを押しつけ、新二は一瞬の乾杯をした。

なんだか可笑《おか》しくなり、ふっと新二は笑った。揺れるカップの酒が波立つ。零《こぼ》れそうになり、慌《あわ》てて口をつけた。

「君もそんな風に笑うんですね」

清酒

「は？」

「笑わない人かと思っていました。僕の前ではいつも眉間《みけん》に皺《しわ》寄せて、難しい顔してるから。笑うと随分若く見えます」

「ああ、八重歯《やえば》のせいだろ。童顔になるってたまに言われる」

右側にだけある小さな八重歯が、新二はあまり好きではない。凄《すご》みを利かせて恰好《かっこう》つけたところで、台なしになってしまいそうだからだ。

「僕はいいと思います。笑った顔のほうがずっといい」

「言われなくても、あんた以外の前では笑ってる」

確かに新二はよく笑う。客の前では愛想笑いもするし、控え室ではホスト仲間と高笑い。猥談《わいだん》で笑い、誰かの噂話で笑い、大口を開けて、時には腹を抱えて——けれど、今の笑いはそのどれとも違っていた。もっと柔らかい。

新二はぼうっと桜を見上げ、酒を飲んだ。こんな穏やかな気持ちの夜は珍しいかもしれない。都会の高層ビルに囲まれた夜桜は幻想的で現実感を失わせる。

「金崎くんの田舎も、今頃こんな感じですか？」

「さぁ…どうだろうな。桜は咲いてんじゃねぇの。人口少ないからこんなに賑《にぎ》やかじゃないけどな。今頃ジジババばっかになって、早寝で誰も夜桜なんて見てないかもな」

「今頃って、実家にはしばらく帰ってないんですか？」

「…あんなド田舎、帰ったって退屈なだけさ。それより…どうする？　せっかく来たんだ、少し歩くか？」

返事を待たずに新二は歩き出した。田舎の話は、したくないというよりよく判らない。もう九年も帰っていないのだ。地元から上京してきた中学時代の仲間とつい最近こちらで会う機会はあったが、実家の様子は尋ねなかった。書き置き一つの家出同然で出ていったのを、奴らは知らない。

歩き出すと風が冷たく感じられた。

まだ夜は冷える。薄着の新二はシャツ一枚だった。それも、胸元が伸びたようにだらしなく開いたシャツだ。

くしゃみが出た。一際強い風まで吹きつけてきて、ぶるっと震えると津久井がジャケットを脱いで差し出してきた。

「どうぞ」

「へ？」

「寒いんでしょ？」

手に持ったままだった新二の空のカップを引き受け、代わりに押しつけてくる。きちんとした身なりの津久井は、ジャケットの下に細身のニットを着てはいるが、脱いでしまうほど暖かそうには見えない。

「けど…」

遠慮をしたと思われるのが嫌で、袖《そで》を通すことにした。

暖かい。ウールのジャケットに残った他人の体温を、気持ちが悪いと感じるより素直に心地よく感じる。

夜の公園を二人はあてもなしにぶらぶらと歩いた。反対側へ行きつき、人気《ひとけ》がやけに少なくなってきたと思えば、寄りつきにくい場所になっていた。

一際立派な桜の木の下には、一目でカタギでないと判る集団が青いビニールシートを広げている。集団といってもヤクザ臭のする男は四人だが、その威圧感たるや五十メートル先からでも判りそうだ。とても一般人が隣近所で桜を愛《め》でる雰囲気ではない。

「なにじろじろ見てやがんだ？」

背後から凄んだ声がした。ほかにもお仲間がいたのかと、舌打ちしたい気分で振り返る。

「別に…」

「え…シン？」

やり過ごそうとする新二に声をかけてきたのは、女だった。凄んだと見える男に肩を抱かれた女。これもまた一目でヤクザの女と判る派手な服の女は、新二の客だ。

「け…」

ケイコ、と名を呼びかけて声を飲んだ。

「なんだ、知り合いか？」

「あれ、コイツ…北岡《きたおか》さん、例の野郎っすよ。ほらホストクラブの…」

反対側に立つ若い男が、北岡と呼んだ厳つい男に耳打ちする。北岡は身長はそれなりだが、頭回りや胴回りは新二を優に上回るがっしりとした体格の男だった。女の肩を抱く、いかにも腕っ節の強そうな太い手首には、趣味の悪い金ピカ時計が光っている。

「君のお知り合いですか？」

津久井が尋ねてきた。

「あ？　あぁ…」

ある意味繋《つな》がりはあるけれど、とても知り合いなんて可愛い関係ではない。

不穏な空気を察してか気づかずか、津久井の様子は変わらなかった。

自分を拾って家に連れ帰ったような男だ。たぶん一度痛い目でも見ない限り、津久井の神経は変わらないのだろう。

ちょうどいい。今がまさにそのときだ。

とばっちりで手酷い目にでも遭えば、津久井の気も改まる——

「あぁ、そうだよ顔見知り。つか…オトモダチ？　悪いけどさ、あんたもう帰ってくんね。ちょっとな、会ったらこいつらに話そうと思ってたことあってな」

何を言ってるんだと、自分でも思った。

「金崎《かねざき》くん？」

「あんたの家、すぐ近くなんだから構わねぇだろ？　一人じゃ夜道が怖くて帰れないか？」

「そんなことはありませんが…」

無茶苦茶《むちゃくちゃ》だ。心と体がばらばらに行動する。痛い目を見ればいいなんて思っているはずが、津久井を引き離しにかかる。

「おまっ…」

話に割り入ろうとした若い男を、新二は眼光で制した。

「じゃあな、とっとと帰れよ。歯磨いて、クソして寝ろ」

邪魔臭げにする新二に急《せ》かされ、津久井は帰っていく。遠退《とおの》き、公園から出ていくその後ろ姿に覚えたのは安堵感《あんどかん》。自分はどうかしている。

「『K』のシンとか言ったな。ケイコが世話になってるらしいな？」

真一文字の太い眉《まゆ》を上げ、北岡が口を開いた。

新二は返しそびれた津久井の上着に気がつき、ジャケットの襟元を握りしめる。

「世話？　お世話になってるのはこっちのほうだな。彼女はお客だから」

「そ、そうよただの客よ。ね、このコはお店で飲むのに付き合ってもらってるだけで…」

「ケイコ、おまえは黙ってろ！」

女は悲鳴を上げた。女の頭を鷲摑《わしづか》み、脇《わき》に押しやった男の形相は、すでに冷静さを失っている。ある種の雄の本能。自分の雌に近づく雄を排除しようとする威嚇行動か。血の気の多そうな男だ。

感情的な男が面倒なのは、経験上知っている。ただ、今までの経験に『ヤクザ』はいなかった。そして、新二は下手《したて》に出ることを知らなかった。

「あんたの女だってんなら、しっかり捕まえときな」

「女？　こいつは俺の女房だ」

前のホストを半死半生の目に追い込んでからちょっと見ない間に、ケイコは結婚までしていたのか。ヤリマンが。亭主一人ではもの足りなくて、ホスト食いか――

まぁいい。そんなのはいい。判っていて受け入れた。この女がどんな性格でも、客だから構わない。

「…っ！」

男が殴りかかってきた。一発目は避けたが、二発目は顎《あご》を掠《かす》め、三発目は金ピカ時計の右フックが頬《ほお》にめり込んだ。

よせばいいのに、反射的に男を殴り返す。新二の一発で脇の若い男が色めきたち、桜の下のブルーシートの男たちをも呼び寄せた。

「北岡さん、どうしたんすか⁉」

ざっと六人、敵《かな》うわけがない。たちまちフクロにされる。突き飛ばされ、地面が迫ってきたと思ったときには、冷たい舗装材に頬を擦《こす》りつけていた。

「やめてっ、アンタやめてよっ!!」

女の金切り声が虚《むな》しく響く。腹部を強打され、新二は体を丸めた。髪を引っ摑まれる。顔を仰《あお》のかされ、蹴《け》られると思った。新二は身構え、そして不意に自由になった。

髪を引っ張る男の手が離れる。

「わっ、てめ…なっ」

何が起こったのかと思った。

背の高い男のシルエットが頭上にあった。帰って歯でも磨くはずの男が、新二の目の前にいる。ただ存在するだけでなく、若い男を地面にうつ伏せ、殴りかかっていった次の男の肘《ひじ》に触れたかと思うと、いとも容易《たやす》く背後に投げ飛ばした。

殴るのとは違う、その不思議に柔らかで滑らかな動き。ぼんやり見上げていると男が叫んだ。厳しい眼差《まなざ》しのまま、自分を見た。

「来い！」

「え…」

「何してるんです。早く！」

津久井の大きな手が、新二の腕を摑む。引き起こし、男たちの間から連れ出す。

道など無関係に二人は桜の木々の間を走り抜けた。

「…なんで戻ってきた。服を忘れたからか？」

染みる消毒液に、新二は顔を顰《しか》めた。左の頬骨の傍《そば》の擦り傷。掠《かす》り傷だと言ったのに、奥の部屋から救急箱を持ち出してきた男は、傷口に消毒液を吹きかけてくる。大袈裟《おおげさ》だとぼやきつつも、手渡された袋入りの冷却剤を新二は殴られた側の頬に押し当てた。

追いかけてくるヤクザからどうにか逃げ遂《おお》せ、津久井のマンションに転がり込んだ。新二は並び座ったソファに目線を向ける。

背凭《せもた》れの端にかけた上着。津久井が戻ってきた理由はこれだろうか。

「服？　あぁ…忘れてました。君の様子が変だったから、どうしても気になって戻っただけです」

「あいつらヤクザだぞ」

「そうみたいですね」

「あんた…オカマの言ってたとおりなんだな。結構強《つえ》ぇんだ？　昔、なんか習ってたんだって？」

なんだったか、武道で全国大会がどうのと言っていた気がする。

「あぁ、合気道を…でももう大学でやめてからはやってませんし、運がよかっただけです。

不意を突かなかったらたぶん逃げられなかった」

「ふーん、でもまぁすごかったよ」

素直に褒めた。正直、すごいと感じた。のほほんと温和そうにしている男からは想像もつかない動き、目つきすら鋭くなって見えた。

「金崎くん、あの人たちとはどういう関係なんです？」

「ん？　あぁ、俺の客とその男…いや、旦那《だんな》だって言ってたな。女がホストとちょっと遊んだぐらいで騒いでるケツの穴のちいせぇ男さ。嫉妬《しっと》深い男ほど鬱陶《うっとう》しいもんはないね」

「あの彼女と…君は寝たんですか？　店で楽しく過ごすだけですましたりはできなかったんですか？」

「そうすりゃこんな目に遭わずにすんだって？　いいんだよ、別に判ってやってんだ。あの女は遊ぶ男が欲しくて、俺は売上が欲しかった。利害関係が一致してんだよ。あんたは…ただの巻き込まれ損だけどな。明日から後ろに気をつけろよ？　もしかすっとあんたもやられるかもしれないぜ？」

ソファに踏ん反り返り、ははっと新二は笑う。

ズドン。手真似《まね》のピストルで撃つ。

津久井は少しも笑わなかった。

「君は潔いですね。でも、もっと自分は大切にするべきです」

「あんたは他人まで大事にして、ボランティアご苦労様ってとこだな」

足元に置いた救急箱から、男は湿布を取り出し、新二はシャツを捲《めく》って蹴られた脇腹を出した。

「ボランティアじゃありません。言ったでしょう、僕はいい人間なんかじゃないって」

ぺたりと貼《は》られた湿布が冷たい。他人の世話を焼きながらの津久井の言葉は、酷くちぐはぐな感じがする。

「僕は元々は粗野で中身はいいかげんな人間だったんです。優しくもない。ただ…今はそうなりたいと心から思うようになっただけです」

なりたいと思うから優しくなるのと、元から優しいのとではどう違うのか。

新二には判らなかった。どちらも同じに思える。なにかきっかけがあるらしいが、新二の知る少ない情報の中には、一つしか理由が見当たらなかった。

「なんだ、ケンカで弟を怪我させたからか？」

「あぁ…覚えてくれてたんですね。弟のことは…とても後悔しています。後悔なんて言葉にしてしまうのも嫌なんですが…人を傷つけるのが怖くなりました。自分のしたことが、どう跳ね返ってくるのか」

閉めた救急箱の蓋を、津久井はじっと見つめた。どこか陰を帯びた眼差し。どんな話が続くのかと思えば、不意打ちで問われる。

「金崎くん、さっきどうして僕を帰そうとしたんですか？」

ソファの上で片膝《かたひざ》を立て、頬に冷却剤を押し当てた新二は、不機嫌な声を出した。

「あいつらと話があるって言ったろ」

「最初からケンカになるのは…いや、一方的に殴られるだけなのは君は判ってた。そうでしょう？」

「あんたがいたら足手纏《まと》いになると思ったからだ。まさか強いなんて思わないからな」

「嘘《うそ》ですね」

津久井は否定した。

「君のほうこそ優しい人だ」

「言われたことねぇな」

「じゃあ…本当は、優しい」

「しつけぇな」

苛々《いらいら》と髪を掻《か》き上げる。ごついリングの並んだ指の間を、するすると金色の髪はすり抜ける。

「どうしてそんなに毛を逆立てるんです？」

「毛…？」

「新宿って案外野良猫いるでしょう？　この近所にもね、茶色いのが時々姿現すんです。僕は親が嫌がるから動物を飼った経験がないんですが、そのせいかとても興味があって…その猫と親しくしてみたいんですけど、いつも毛を逆立てられるばっかりで駄目なんです」

新二の目を見ると、男は少しはにかんだように微笑《ほほえ》んだ。

「君はちょっとあの猫に似てます。無駄に人を威嚇してる。そして僕は…その猫は触らせてはくれない猫だと判ってるのに、近づいてしまう」

津久井の手が伸びてきた。

背丈に比例した大きな手のひら。自分を引き起こし公園内を走り抜けた、力強い手。伸びた手は湿布を貼ったばかりの脇腹の上を滑り、そのまますると背中に回った。気づけば一方の手も反対側から回り、新二はゆらと男のほうへ抱き寄せられていた。

わ。間の抜けた驚きを覚えた。

手から滑り落ちた冷却剤が、ソファの縁に跳ね返され、ラグの上に落下する。

ふわりと何かに包まれるような抱擁は、誰からも受けたことのないものだった。しいていうなら、あの津久井のキスを思い起こした。やけに優しい、心地のいいキス。またするのだと根拠もなしに思い、そして深く考えるより先に目蓋《まぶた》を落としかける。

温《ぬく》もりが不意に離れた。

「もう、帰ったほうがいい」

「え…」

「僕がどんな人間か忘れたんですか？」

「どんなって…」

「ホモは嫌いなんでしょう？　それとも、また試してみますか？　キスみたいに？」

試す。今はそんな気はなかった。けれど、帰ろうとも思っていない。何故だと自分に問いかけてみても、明確な答えはどこからもこない。

「帰らないんですか？」

きっと、座り心地のいいソファのせいだ。ちょうどよく効いた空調のせい。他愛《たわい》もないことに理由を見出《みいだ》そうとする。返事はしないまま、無言で男を見返した。

「血が…」

唇のピアスに津久井の指が触れた。新二は逆らわなかった。外されたリング状のそれには、血がこびりついている。地面に転がった際に引っ張られたのだろう。外すときにも引き攣《つ》る痛みが走った。少し熱を持った唇に、津久井の指は冷たく気持ちがいい。

互いの眸《ひとみ》が近づく。感触を確かめるみたいな口づけ。上手《うま》くつかないスイッチを入れるかのように、何度も押しつけられる。

自分は何故受け止めているのだろう。

そう思いながらも体は動こうとせず、新二がしたのは目を閉じたことだけだった。

ごつごつと、まるでいくつも錘《おもり》のついたような耳。硬い金属が無数に嵌《は》まった耳殻《じかく》を唇がそろりと這《は》う。

津久井は次々とピアスを外した。

耳朶《みみたぶ》のホールを拡張したアイレット、軟骨《なんこつ》に通した長いバーベル、様々な形状のボディピアス。触るにもキスをするにも無関係なはずの場所まで外され、木目のローテーブルの上にステンレスの光が散らばっていく。

金属を取り払った新二の顔を、津久井は両手で包んだ。穴の残る場所にくまなく唇を押し当てられ、まるでなにかの儀式のようだと思った。

やるのなら、もたもたするのは性に合わない。だらしなく着たシャツを自ら脱ぎ去る。現れた胸やヘソの新たな鈍い輝きに男が眉を顰《ひそ》め、新二は思わず笑った。

「そんなにピアスが嫌いか？」

すべての梱包材を外してやっと中身を手にしたと思ったら、箱の中はまた包装紙に包まれていた。そんな顔だ。

「何故君は自分を傷つけるんですか？」

「傷つける？　ただのファッションさ。あんたには判んねぇクールさだろうけどな」

右の乳首に通したニップルピアスは、貫通したバーの先が三角錐《さんかくすい》のコーン状に尖《とが》っていて、女々しいところはない。野性的で、酷く攻撃的だ。

「そうですね、価値観の違いはあるかもしれません」

尖ったコーンに、津久井は指先で触れる。

「でも…君はわざと自分をグロテスクに見せようとしている気がする。どうして？　世の中には綺麗になりたくて整形する人だっているのに」

「俺がわざと？　そんなの考えたこともね…っ」

新二は息を詰めた。金属の通った胸に衝撃が走り抜ける。

「バカっ、ひねんなっ…」

ハンドルのように回されたバーベルに、小さな尖りが捩《よじ》れ、皮膚が不自然に引っ張られる。一瞬の痛みの後に残ったのは、ぽうっと熱が灯《とも》ったような感覚だ。

「もしかして、感じましたか？」

「…う、うるせぇ、外したいならとっとと外せ」

面白がって触る女はいたが、セクシャルな意味で触れてきたのはこの男が初めてかもしれない。一度の衝撃で、皮膚は鋭敏になった。抜き取られる異物が、体に空けた小さな穴を摩擦する。

「あ…」

津久井はソファから滑り下りた。ラグの上に跪《ひざまず》き、極自然な仕草でさっきより明らかに尖った乳首を口に含んだ。なにも出やしない、脇にぽっかりと空いた小さなホールに吸いつく。

波立つようにうねった体を手のひらが撫《な》で摩《さす》る。

下から上へ、白い湿布の脇腹から胸元へ。筋張った体を撫でて何が楽しいのか。新二は一見華奢《きゃしゃ》だが、ボクサーのように締まった体をしており、柔らかなところはどこにもない。褐色の腹を手のひらは摩り、浅く凹《へこ》んだヘソに指は沈んだ。縁に通った金属を左右に転がされ、ゆっくりと回しながら留め具から引き外される。

「ん…っ」

下腹に湧《わ》き上がる奇妙な感覚。吸いつかれたままの乳首に緩く歯を立てられ、腰がびくりと弾む。緩いはずのズボンの前がいつしかきつく感じられ、男が指をかけてきたときには今にも弾《はじ》けそうなほど昂《たかぶ》っていた。

新二はうろたえた。寛《くつろ》げられたと同時に露出した尖端は、十代の餓《う》えたガキのように興奮して濡れて光っている。

「なん…で、俺ばっか…」

衣服に乱れもない津久井が余裕に見えた。

「君は僕に触ったりキスしたりしたいと思うんですか?」

「お、思うわけねぇだろ」

「だったらじっとしてください。気持ちいいのは嫌いじゃないでしょう?」

真面目《まじめ》そうな顔をして、決して経験は少なくないのだろう。

判らなくなる。どういう男なのか。それとも、ゲイの世界ではこういうのが普通なのか。

「あんた、大人しそうな振りして結構…」

「奔放に過ごした時期もありましたけど、今は聖人君子な暮らしです。もう遊びたくなるような年でもありませんしね」

「そんな年でもないだろ、いつから枯れてんだ？」

まさかそれも弟とやらのせいなのか。一度の失敗が、それほど人を変えてしまうものだろうか。殴った蹴ったで人生を改めていたら、今頃自分など仏門《ぶつもん》にでも入っている。

「なんで…」

問おうとした言葉はうやむやになった。引き摺《ず》り出された性器を、やんわり握り込まれる。男の指に金属が触れた。裏側の皮膚、張り出した亀頭《きとう》の下を貫通したピアス。左右が球体となった二センチほどの長さのバーベルだ。

もう予想通りだったのか。性器のピアスに、津久井は驚いた様子もなく外し去った。

ローテーブルに、最後のステンレスの光が転がる。

外し終えた場所に、津久井はほかと変わらず唇を寄せてきた。

「ちょっ…」

新二は戸惑った。男にされるフェラは初めてだ。

「口でされるのは嫌いですか？」

嫌いな男なんかいるものか。躊躇《ためら》いと射精への期待が交錯する。

実際には迷ったのは一瞬のことだった。

「ヘタクソだったら蹴る」

言い草に津久井は笑った。

触れるだけの戯れに始まり、深い口淫《こういん》へ。喉奥《のどおく》に含まれた瞬間、新二はヤバイと思った。蹴りつけなければ、そう思った。下手だったからではない。巧みだったからだ。

フェラの上手い女はいくらでも知っている。なにしろ客は風俗嬢ばかり。中には新二に『お金払ってよ』なんて言ってのける女もいた。そんな冗談を口にできるだけあり、腰が蕩《とろ》けそうなほど上手かった。

けれど、それらとは本質的に違う。女とは、顎の骨格も舌の厚みも違う。男の大きな口に性器を咥《くわ》えられるのは、むしゃぶりつかれているような感覚だった。

突っ込んでいるというより、飲み込まれている。舐め溶かされる飴《あめ》や氷菓子のように、津久井の口から硬く反り返った自身が現れては消える。

「……ん…」

異様な光景だった。清潔そうな男の顔立ちにも、ストイックさを際立たせる眼鏡や黒い髪にもそぐわない。施《ほどこ》される濃厚な愛撫《あいぶ》を目の当たりにし、体の奥から湧き上がる官能が嵩《かさ》を増す。ぶわりと小さな鈴口《すずぐち》を先走りが押し開き、溢《あふ》れるそばから津久井に舐め取られる。

「あ…い…」

いい。堪《たま》らなくいい。そのまま口走ってしまいそうだった。

男に手綱を取られ、乱れる自分が受け入れられない。思わず蹴りつけようと膝立てた足は、津久井の手に阻まれた。そのままソファの上で固定され、鼻先が茂みに埋まりそうなほど深く屹立《きつりつ》を飲み込まれる。

「…ん…んっ…」

堪らない。下腹が波打ち、激しい収縮を繰り返す。新二は津久井の顔の下でびくびくと腰を震わせた。引き寄せたいのか引き離したいのかも判らず、ただ男の硬い黒髪を摑む。しがみつき、腰を小刻みに揺さぶる。つけたままの津久井の眼鏡が腹の上でカチャカチャと微《かす》かな音を立てた。

「あ…う、うっ、で…出るっ」

男の喉奥へ突き上げるように体を弓なりに反らせ、新二は射精した。青臭い精液を堪えきれずに吐き出し、そのままソファにくたりと沈む。自身が抜き出され、津久井の喉が上下するのをぼんやり目にした。

放心しながらも驚く。

「あ…」

まだとろとろと白濁の溢れるものに、津久井は躊躇いもせずに口をつけてきた。ちゅ、ちゅっと甘い戯れのキスのような音を立て、残滓《ざんし》を吸い上げる。

新二は鈍い反応を見せるばかりだった。

「…立てますか？」

「え…」

少し曇った眼鏡を煩わしげに外し、津久井はテーブルの上へと置いた。

「寝室へ行きますか？　ここじゃ…狭い」

腰に纏わりつく快感も、やり方も、女とは全然違う。

服を脱ぐ間もなく圧《の》しかかられた。新二が脱ぎかけのズボンや下着を下ろすか否かもまた迷っている間にも、津久井は手早く服を脱ぎ、貪《むさぼ》りついてきた。衣服を引き抜き、足を割り開き、しんなりと柔らかくなり始めていたものに再び食らいついてくる。

基本的に服は優しく脱がせ、快感はレディファースト。そんなホストのセックスとは何もかもが違う。

くたりと小さくなったものを飲み込まれて吸いつかれ、新二はびくびくと身を弾ませた。どうとでもなれ。ややヤケクソ気味に四肢をベッドに投げ出す。いくらもしないうちに性器はまた張り詰め、不覚にも口淫にうっとりとなるうち、それはやってきた。

尻《しり》を摑《つか》んでいた指が、そろと狭間《はざま》に沈み込んでくる。

「初めてですか？」

「…マッサージくれぇしてもらったことある」

恥ずかしいわけじゃない。軽いSM、合法ドラッグでキメたセックスに、複数人入り乱れてのパーティ。ゴーカン以外は女とはなんでもやった。

けれど、後ろにまで奉仕されるのはあまり好きじゃなかった。前立腺《ぜんりつせん》をダイレクトに弄《いじ》られれば感じはするが、女にそんな場所を弄ってもらってよがるのはプライドが許さなかった。

もちろん男にもだ。

新二は身を捩った。下腹部に纏わりつく津久井の頭を押し退《の》けようとする。

「な…んで俺がてめぇに突っ込まれなきゃならないんだよ。抱かれる側なんだよ」

「俺に挿《い》れたいんですか？」

「んなわけあるか」

「だったら…」

「そ、そういう問題じゃねぇんだって…」

先ほどと同じ理論に流されそうになっている自分に気がつく。性器を弄られれば、快感までもが自分を押し流そうとする。幹に吸いつきながら、そこへと伸びる指。薄い尻の肉を分け、乾いた入口を探し当て、押したり擦《こす》ったり——強く押されれば、返事でもするかのように指の腹に吸いつくのが居たたまれない。

「む…ムリに決まってんだろ」

乾いてる。女ではないのだから当然だ。

「…待っていてください」

あっさり起き上がった男が部屋を出ていく。

選択権は新二にあった。服を着て終わりにしようと思えばできた。大人しく待つ必要などどこにもなかった。なのに、ぼんやりと半開きのドアを見つめるだけの自分がいた。

「こんなものしかなくてすみません」

潤滑剤代わりに津久井が用意したのは、オリーブオイルだった。本当に女気…いや、男気のない品行方正な生活を送っていたのか。考えるうち体をひっくり返されそうになり、新二は途端に抗《あらが》う。

「気持ちいいほうがいいなら…このほうが楽によくなれます」

「俺は犬猫じゃねぇ」

背後からされるのを新二は嫌がった。屈辱的なポーズはごめんだ。うつ伏せで男に尻を突き出すなど、どんな状況であれ考えられない。

「…わかりました」

津久井は無理強いはしなかった。向き合ったまま、覆い被《かぶ》さってくる。ゆったりとした動きに、ベッドが片側だけ沈んだ。ついた片腕は思いのほか筋肉質で、見上げると腕に限らず立派な体軀《たいく》であるのが判る。着痩《きや》せするタイプか。もう運動はしていないというが、決して緩んだところはない。おまけに股間《こかん》に反り立っているものが予想外のサイズで、男としてのプライドを刺激されると同時に、怯《ひる》まざるを得なくなる。

「や、やっぱケツは…」

ぬるり。オイルに濡れた指が、狭間の奥に向けて滑った。すぐに目的の場所を探し当てる。きゅっと押された入口は先ほどと違い、ろくな抵抗もなしに指先を迎え入れてしまう。

同じ指とは思えなかった。

「…んっ…うあ…」

怖気《おぞけ》立つような違和感。ずるずると飲み込まされる感触に、新二はベッドのスプリングを小さく弾ませる。

「ま…っ…」

浅い場所にある新二の快感の在《あ》り処《か》を、津久井はすぐに探し当てた。

「待て、そこ待っ…」

無遠慮に弄る。ぐいぐいと息もつけないほど煽《あお》り立てられ、前立腺への刺激に前がだらだらと先走りを零し始めた。

「くそ、やめ…ろって、やめ……ぁっ」

嫌だ嫌だと言っている間に指が絡みつき、空いた手で扱《しご》かれた性器が、どうにもならないところまで張り詰める。やがてゆるゆると津久井は後ろの指だけを出し入れし始めた。前立腺の辺りからむずむずと広がる快感だけが、すべてになる。指を出し入れされるのが気持ちいい。

オイルにまみれた長い指が、ぬるっと抜き取られては、また入口を割って沈む。時折広がりを確かめるように二本の指を開かれる。

「ん、う…う、うっ」

快感とは裏腹に歯を食いしばった。隙間《すきま》をつくれば自分に不相応な情けない声が零れ落ちそうな気がした。

こんなセックスは初めてだ。

気持ちいい。気持ちいいのに受け入れたくない。新二は身を捩り、快感を逃そうと火照《ほて》った体を擦りつける。脇の湿布が剝《は》がれ落ち、シーツに擦られて丸まる。

「リラックス…できないですか？」

快感を得ながらも、体を強張《こわば》らせる新二に津久井が問う。

「痛い？」

首を振る。

「怖い？」

「…んなもん、怖い…わけ…」

唇を押しつけられた。

キスだった。食い縛った歯列を舌先が撫でる。傷ついた下唇を緩く啄《ついば》み、僅《わず》かに開いた歯列の奥へと津久井が掻い潜《くぐ》ってくる。

嚙《か》みつくのは簡単だ。けれどしなかった。

口づけが新二の理性を奪ったのか、理性が失われていたから口づけを受け入れたのか。

吐息が熱い。新二の息も、津久井のそれも。ぬめる指が、よくてならない場所を愛撫する。

男の空いた腕が腰に絡みつき、重く触れ合わさった互いの熱を揺すられ揉《も》みくちゃにされる。

硬い体を溶かされていく。

「う…んっ、あ……ひうっ」

湿った唇から、甘えた息が零れる。

「今度…」

口づけながら男が囁《ささや》いた。

「今度、あの茶色の猫に会ったら、触らせてもらえそうな気がします」

ずるりと抜け出た指に感じたのは喪失感。焦《じ》れるようなその物足りなさに、押し当てられた津久井の屹立を拒む言葉は完全に失われていた。

うつ伏せた新二が感じ取ったのは、コポコポと音を立てるコーヒーメーカーの音だった。広いベッドのシーツに手足を伸ばし、寝そべったまま目蓋を起こすと、開かれたドアが見える。部屋から続くグレーの落ち着いたカーペットの廊下は、その先に人の気配がする。のそりと体を起こせば、閉まっていたはずの部屋の奥のドアが開いていた。寝室より若干狭い隣室は意外にも乱雑で、図面らしきロール状の紙などが机のパソコン周りに積まれているのが見える。どうやら仕事部屋らしい。ワードローブも開かれていて、出勤準備でもしたのかもしれない。

ベッドの足元には、散らばっていたはずの自分の衣服がきちんと畳まれ置かれていた。

昨夜のことは覚えている。

酒は三木乃の店と合わせても二杯しか入っておらず、やけにすっきりとした目覚めだ。頭は冴《さ》えていた。けれど、見通しのよすぎる頭は空っぽにでもなったようで、新二はしばし呆然《ぼうぜん》とした。

とりあえず服を着よう。手を伸ばした拍子に脇腹が痛み、見ると剝がれ落ちたはずの湿布がまた貼られていた。ベッドから下りる際に目にしたのは、ダストボックスに捨てられた昨夜の丸まった湿布。腰の微かな違和感が、急に大きくなった気がした。

「あぁ、目が覚めましたか？　おはようございます」

着替えて出ると、カウンターキッチンに津久井がいた。コーヒーを片手に新聞を広げた男は、新二を見ると顔を綻《ほころ》ばせる。仕事に出るのか、スーツを着用していた。

「…おう」

「コーヒー飲みますか？　シャワーを浴びてきます？　洗面室にあるものは自由に使って構いませんよ。歯ブラシも出しておきました」

「あ？　あぁ」

生返事をする。新二はどちらとも応えないまま、居間のソファに腰を落とした。

広い窓からの光が眩《まぶ》しい。普段であれば、ちょうど寝入ったばかりの午前八時。目の前のテーブルには、昨夜外されたピアスが白いソーサーに載せて置かれている。じっと見ていると、津久井が灰皿を出してきた。

「遠慮しないで吸ってください」

「え、あぁ…」

遠慮ではない。ただ忘れていただけだ。起き抜けの煙草《たばこ》を忘れるなど、ヘビースモーカーの新二には滅多《めった》にないことだった。

ズボンのポケットから探り出した煙草を吹かしながら、キッチンの中で動いている男を窺《うかが》う。真っ白なワイシャツにネクタイ。生真面目そうなダークグレーのスーツが嫌味なほどによく嵌まる男だ。

スーツは男をストイックに見せ、昨夜の情事などなかったようにさえ思える。

津久井と寝た。

まぁいい。それはこの際どうでもいい。男に尻に突っ込まれたぐらいでどうこう騒ぐほど肝《きも》は小さくない。

新二にとって問題なのは、その理由だった。

どうして、俺はこの男と寝たんだ。

流されたから。気持ちがよかったから。その程度では、納得がいかない。

煙草を唇に挟む度に感じる。『無』に対する違和感。

ピアスのない唇が落ち着かない。ソーサーの上のピアスを新二は引っ摑んだ。まだ半分も吸っていない煙草を揉み消し、一つずつ手探りで金属を顔に戻し始める。

一つ嵌めるごとに、普段の自分が戻ってくる気がした。あるべき自分が戻れば、昨夜のことがやはりあってはならない間違いに思えてきた。

酔っていたんだ。

カップ酒でか？

「金崎くん、僕は今日は朝一で打ち合わせがあるのでもう出かけるんですが、君はゆっくりしていってください。スペアキーを渡しておきます。次に会うときに返してくれるか、ポストにでも…」

カウンター越しに津久井が声をかけてくる。

新二はみなまで聞かなかった。

「俺はもう帰る」

「まだ早いですよ？　君はいつもなら寝てる時間でしょう？」

「いい。目は覚めてる」

ぶっきらぼうなだけでなく、視線も合わせないままの返事に、男は少し言葉を濁らせる。

「そ…うですか？　でも僕はすぐに出なくてはならないので、鍵は持ってください。今夜…三木乃の店で会えますか？　ほかに約束、ありますか？」

「…別にねぇけど」

「僕は仕事が終わったら行くつもりです。これ、よかったら食べてください」

近づいてきた男がローテーブルに差し出したのは、陶器のプレートに載った朝食だった。トーストにベーコンとスクランブルエッグ、レタスに、コーヒーのカップも載っている。

起き出してくるかも判らないのに用意したのか。

まるでホテルの朝食だ。なにもかもが新二には違和感があった。

綺麗な部屋、朝の白い光、そして——

「それじゃあ、慌《あわ》ただしくて申し訳ないんですが…」

髪に指が触れるのを感じた。朝日を受けると銀色にも見える新二の髪を、長い指は優しく梳《す》く。

「やっぱり…腫《は》れてしまいましたね」

反応のない新二の腫れた右頬をそろりと包み、身を屈《かが》めた男は蟀谷《こめかみ》に唇を押し当ててきた。目線を起こせば、眼鏡のレンズ越しの眸が自分を眇《すが》め見る。

――なんだ、これは。なんの間違いだ。どこからこの誤りは始まったんだ。

どこか知らないパラレル世界へ、ひゅっと押し出されてしまったかのように現実感がない。体の置かれた状況と心が、あまりのちぐはぐさにバラバラになってしまいそうだ。

戻らなければ。

ここは自分の住む世界ではない。

「おい」

鍵を手渡し、背を向けようとする津久井を新二は引き留めた。

「…待てよ、なんか忘れてんじゃないのか?」

「え、なにを…ですか?」

「金だよ、金。昨日はいい思いできただろ?　ケツまで掘らせてやったんだ、相場より弾めよ?」

不思議そうに男は自分を見ていた。何を言われたのか見当もつかない。そう言いたげな顔で自分を見つめ返し、そして次第に顔色は変わっていった。

「金崎くん…」

「なんだ？　まさか俺をタダで抱くつもりだったんじゃないだろうな？」

納得できる理由が見つかった。

これは取引。金のための行為。男とセックスまで至るのに最も妥当な理由は、ふらふらとどこか頼りなくなっていた新二の心を強固に支える。

凝視した目を瞠《みは》らせた男に、新二は冷ややかに言った。

「野良猫がエサもなしにてめぇに触らせるとでも思ってんのか？」


ほんの一週間が過ぎる間に、もう誰も桜の話をしなくなった。

各所の桜もとうに散りゆき、今頃は中央公園の桜も寂しくなった枝に若葉が目立っている頃だろう。

「もういいかげんケンカはやめたらどうなの？」

短い丈のワンピースの足を組み、新二にそう言ったのは一人の女客だ。

馴染《なじ》みの客…と歓迎するには態度も横柄で、安酒しか頼まないくせして文句は人一倍、の客だった。

美人の部類に入る女だ。胸の上辺りまでのストレートの髪を掻き上げる仕草は、認めたくないがいつ見てもはっとするほど色っぽい。

女の名は、杉野嘉帆《すぎのかほ》。以前、新二が付き合っていた一つ年上の女だ。『子供っぽいところがイヤ』と言いくさった女。別れて音信不通の他人になるかと思いきや、嘉帆は出会ったきっかけの客に戻り、たまに姿を見せる。

嘉帆が指摘したのは頬骨の上、ヤクザと公園で揉めた際にできた傷痕《きずあと》だ。殴られた腫れは引いたものの、擦り傷のほうはまだうっすらと痕になっている。

「一応、ホストなんだからさ。もっと顔は大事にしなさいよ。顔っていうか…新二の場合、もうちょっと自分を大事にしなきゃね。人生は、限りあるもんなんだから」

傷痕に触ろうとする手を、新二は振り払う。思い出したくもない男の顔が頭を過《よ》ぎった。

「…あいつと似たようなこと言うんじゃねぇ」

「へぇ、新二にそんなこと言ってくれる人がほかにもいるの？　意外。もしかして、新しい彼女？」

「いるか、そんなもん」

付き合ってる女はいないし、もちろん男もいない。

最後に寝た相手、津久井とも会ってない。

思い出したくもない。煩わしいほどつきまとわれているからではなく、まったくの逆で、どうやら避けられていると知ってムカつくからだ。

あの日の夜、三木乃の店に行ったが津久井は現れなかった。その後も一週間の間に二度も行き、『暇なの？　同伴してくれる客はいないの？』と三木乃に嫌味まで言われたが津久井は来なかった。

新二も暇ではない。たまたま行った時間に来なかっただけかもしれないけれど、今まで店で鉢合わせた頻度と比較するに、意図して時間をずらされたとしか思えない。

あの朝、会えるかと尋ねてきたのはてめぇのほうじゃないか。

たかだか数万ふんだくられたぐらいでなんだ。

――そういう問題ではないのは判っている。金の問題じゃない。

あの朝、津久井はショックを受けていた。財布から金を抜き取り、新二に手渡した男の顔に、いつもの笑みはなかった。

けれど、あいつは判っていたはずだ。中身がたとえどうであれ、表立つ自分がどんな人間であるかを。判っていて、『いい人』だの『本当は優しい』だの寝言を言っていたんじゃないのか。

――苛々する。

「なぁに、その仏頂面。もっと愛想よく笑いなさいよ、客の前なんだから」

嘉帆に小突かれた。

「いい酒入れるなら笑ってやるよ」

「いいわよ、ドンペリ入れてあげる」

「おいおい、ふかしはやめろよな」

三年前まではキャバ嬢として稼ぎまくっていた嘉帆だが、今はすっぱり足を洗っている。どうやって潜り込んだか丸《まる》の内《うち》のＯＬとなり、堅実に暮らしているというのだから、派手にホスト遊びをする金などないはずだ。

実際、たまに訪れてもハウスボトル以外の酒を頼んだためしがない。

「嘘じゃないわよ。ちょっと臨時収入がね。会社の課長にもらった宝くじが十万当たったの。あぶく銭はあぶくらしく使わないとね」

そう言って嘉帆は本当に高い酒を頼んだ。

注文を受けても半信半疑。店内のホストが寄り集まってのドンペリコールが入り、ボトルを開けてもなお、新二は疑いの眼差しだった。

『ほらほら』と嘉帆が急かしてくる。

「ほら、約束は？　お酒入れたんだから笑いなさいよ」

溜《た》め息をつく。にいっと笑ってやった。両方の口の端を引き上げ、ヘビースモーカーのわりに白い歯を晒《さら》す。

不承不承。そんな言葉がぴったりの顔にもかかわらず、右側だけにある小さい八重歯が覗《のぞ》くと、女は嬉しそうに微笑んだ。

「うん。やっぱ新二は笑ってたほうがいいわよ。凄んでるより、ずっといい」

またあの男と同じ言葉だ。

「あたし、昔っから新二の笑った顔は結構好きなんだよね」

「なんだよ、ほかはねぇのかよ」

グラスのワインを一口飲みながら、新二は隣の女を窺う。以前、笑うと童顔になると言ったのは嘉帆だ。

『私がお母さんになってあげる』

付き合うきっかけのあの言葉は、そのせいだったんだろうか。

無茶苦茶な口説き文句だ。

未《いま》だにこの女はよく判らないと思う。いや、以前は多少なりと判っているつもりだったが、別れてから判らなくなった。

何故、今もこうやって店に来るのかも。

付き合ったのは三ヶ月足らずだった。三年前、何故付き合おうと思ったのか、今となってはそれもよく判らない。ただの客だった。それもまだ数回来店しただけの客。アフターで盛り上がり、酔った勢いとその場のノリで嘉帆の家に雪崩《なだれ》込んだ。セックスはよかった。さばさばしたところのある嘉帆とのセックスは、久しぶりに楽しい夜だったように思う。

目が覚めると、嘉帆が言った。

『あたしたち付き合おっか？　お母さんになってあげるよ』

何故そこで気安く頷《うなず》いたのか判らない。ポリシーなんて立派なものではないが、新二は誰とも付き合わないでいた。彼女なんて面倒臭い。『恋人』という肩書きで束縛してくる金にもならない女に、時間を割いてまで愛想振り撒《ま》くなんてごめんだ。そう思っていたのに。

嘉帆は束縛はしなかった。仕事にも口を出さなかったし、客とどこで飲もうが寝ようが構わなかった。ある意味、ホストの理想の恋人だった。

ある日突然、捨て台詞《ぜりふ》を吐いてくるまでは。

「とにかく、もういいかげん大人になりなさいよ。人間、意地ばっか張ったって幸せにはなれないんだから」

『乾杯』とグラスを押しつけ、嘉帆は言う。相変わらず偉そうな女だ。あんまりあっけらかんと言うものだから、短気な新二ですら腹を立てる気にならない。

その後、嘉帆は一時間ほど飲んで帰っていった。

客の切れた合間に、新二は一人控え室のソファでぼんやりした。腰のウォレットチェーンを引っ張り、ずるずるとズボンポケットから財布を取り出す。

中に収めた鍵を手にすると、玩《もてあそ》ぶように眺めた。

これを手元に持っているのも、『意地』を張っているということになるんだろうか。

返しにいけばいい。そんな簡単な方法が、新二の選択肢にはなかなか加わらないでいた。

新二がようやく津久井のマンションを訪ねたのは、さらに一週間後の休みの夜だった。午後八時。津久井は不在だった。三木乃の店にいるかもしれないと思ったが、今まで会えなかったものが今日に限ってばったり会えるとも思えない。

エントランスのポストの前で、鍵を突っ込むか否か迷った。

新二の決断は早かった。ポストはやめた。ホールのオートロックドアをスペアキーで開錠すると、住人の顔でエレベーターに乗り込む。マンションの入口や玄関前で、待ち焦がれた様子で出迎えるなど冗談じゃない。

皓々《こうこう》と明かりのついた居室に男が帰ってきたのは、十時を回った頃だ。

「そこで何をやってるんですか？」

居間の高い天井は、新二が吸い続けた煙草で白く煙っていた。冷蔵庫に冷やされていたビールをほとんど空け、ツマミもキッチンを勝手に探して広げた。新二の胡座《あぐら》をかいた白いソファの周りは、ほんの数時間前まで塵《ちり》一つない美しさだったのが嘘のようだ。シックなAVボードの上のテレビが、賑やかに男を出迎えた。

「おう、お帰り」

だらりと三人掛けのソファに寝そべったまま、新二は肘掛けの頭を反らせて津久井を見る。

黒革のブリーフケースを手に、スーツの男は呆然と立っていた。

「金崎くん…どういうつもりです？」

怒るというより戸惑った表情。思い余って押しかけたとは思われたくない。気紛れな態度を崩さない新二は揶揄った。

「どうって、俺がこういう人間だって知ってて鍵渡したんだろ？　金目のもん盗まれてないだけありがたいと思えよ。フライパンやケトルまで売り払いかねない男だからな、俺は」

あはは、と新二は豪快に笑った。片手の飲みかけの缶ビールが零れそうになり、慌てて飛び起きる。

「やべ、服に引っかけた」

津久井は黙っていた。無駄に手の甲で拭ったりしている新二に、スーツの上着ポケットから無言でハンカチを差し出す。

「なんだよ、言わねぇの？　君はそんな人じゃありませんってさ。イイヒトなんだろう、俺は」

男は応えない。もうそうではなくなったということか。見込み違いだったとでも言いたいのか。

あの一変した朝のまま、ただ困惑した顔で自分を見る。

「来るのなら電話ぐらいしてください」

「電話したら、あんた部屋で待っててたのか？」

「それは…」

やはり顔を合わせる気はなかったのだろう。

反応の鈍い男を見るのが嫌で、新二は目を背《そむ》けた。俯《うつむ》いて、借りたハンカチで濡れた服を拭う。

「あんたさ、オカマの店に来てなかったろ？　鍵、返そうと思ってな」

「仕事が忙しかったので…すみません。鍵は三木乃に渡してくれてよかったんですが。それか、ポストにでも…」

「ふん、オカマからは受け取れても、俺からは忙しくて受け取れないってか」

無性に腹が立つ。

理不尽な怒りには違いない。自分で遠ざけるようなことを言い、セックスを金に換えておきながら、ムカつくもなにもあったもんじゃない。

けれど、ならばあの朝どうすればお気に召したんだ。頭を撫でられて、しなだれかかって、『昨晩はよかった』とでも言えば満足だったのか。

そんなふざけた会話は、ホストと客の間だけで充分だ。

新二はズボンのポケットに手を突っ込んだ。

鍵を摑み出す。投げ渡そうとして躊躇った。

投げてしまえば終わり。そんな予感がした。

津久井はこのまま自分を避けるつもりではないか。

だからなんだ。それがなんだ。元は目障りだった男だ。会わなくなったからといって、なんの支障がある。

自分でもどうしたいのか判らない。

この面倒くさい感情はなんなんだ。

「金崎くん？」

鍵を強く握りしめたまま動かなくなった自分を、津久井が訝《いぶか》る。

新二は焦った。

金の話は嘘だったと言えとでも？

なかったことにはできない。寝てしまったのが、変わらぬ事実としてそこにあるのと同じ。

今更撤回なんてできるものか。

新二の口から飛び出したのは、引き止めるにしてはあまりにも歪《ゆが》んだ言葉だった。

「あんたってさ…結構持ってんだろ」

「…何をです？」

「金だよ、金。なんなら俺をまた買ってみるか？　たまになら付き合ってもいいぜ、俺も金には年中困ってるしな。あんた、ずっとご無沙汰《ぶさた》だったようなこと言ってたけど、やりたくてたまんねぇときだってあんだろ」

男の表情が見る間に険しくなった。いつもあれだけ笑っていた男とは思えないほど、新二の言葉に拒否感を見せる。

「僕は清廉潔白な人間ではありません。ですが、人をお金で買ったりはしません。たとえそれが両者同意でも」

「こないだ買ったじゃん」

新二は人の悪い笑いを浮かべ、津久井は眉を顰めたままだ。

「あぁ、はいはい。あれは俺の事後承諾だもんな。悪かったよ」

「金崎くん、君は…今までもそんな風に自分を売ったりしてたんですか？」

「…説教ならやめてくれ。俺はホストだ。それも、あんま真っ当なホストでもないしな、やってることは半分援交と変わりゃしねぇ。店で金を使ってもらうか、その場でもらうかの違いだろ。いいさ、あんたが用がないってんならほかを当たるだけだ」

そんな相手もいなければ、探すつもりもない。

けれど、そう言えば津久井は慌てて食らいついてくる気がした。自分への興味にしろ、正義感からにしろ、聞き逃せるはずがない。

そんな確信は、返事を待つ時間が長くなるにつれ揺らぐ。

「…ほか探すよ。じゃあな」

新二は立ち上がった。湿ったハンカチと鍵を男の胸元に押しつけ、脇を行き過ぎる。

重い音が響いた。津久井の足元の鞄《かばん》が倒れる音。ブリーフケースを爪先《つまさき》で蹴り倒しながら男は身を捩り、新二のシャツの腕を引っ摑んだ。

そして言った。

「僕は君が考えるほどお金は持ってませんよ。それでもいいんですか？」

◇　◇　◇

津久井の元を訪ねるのは、頻繁ではなかった。

新二の休みの日に限られており、多くは今までどおり三木乃の店で顔を合わせるだけ。津久井からそれを目的に誘いの電話がかかってくるようなことはなかったし、あっても応じたかどうかは判らない。

新二は気紛れだった。それこそ、神出鬼没の野良猫と同じだ。ぽっかりとどこかに風穴が空いたような退屈な夜、客を盛り上げるべく店で空騒ぎをした翌日。ふらっと津久井の部屋を訪ねた。

この関係があまりにも自分本位に成り立っているのは判っている。けれど津久井はそれに異論は唱えなかった。この関係が当たり前になったのか、津久井の態度は元の穏やかさで、自分にも不都合はないのだから変える必要もない。

訪ねた夜は、男の気が乗ろうと乗るまいと寝る。最後にはセックスをして、金をもらって帰る。何故なら、それが会いにいく理由のはずだからだ。

男とのセックスがいいのかというと、正直よく判らない。刺激されれば勃《た》つし、突っ込まれるのも前立腺を擦られてしまえば快楽に変わる。

不快でないのは確かだ。

津久井は紳士的だった。金を出すからといって、新二の嫌がることはしない。強要もしなければ、何か売春婦のようなサービスを望むでもない。新二はせいぜい気が向いたときに手を使い、自慰よろしく津久井を煽るぐらいだ。

津久井に好んで触れようとまでは思わない。

最初の夜と同じだった。あれから二ヶ月が過ぎても、変わりはない。

新二は妙に安堵した。

この関係に特別な感情など入り込みはしない。

ぼうっとバスルームで椅子《いす》に腰をかけた新二は、かけられた声にはっとなる。

「金崎くん、右手」

「あぁ」

右手を上げると、背後から泡立てたスポンジを握る手が伸びてきた。

もう六月だ。ベッドで運動をすれば汗もかく。シャワーを浴びる際に津久井が体を洗ってくれるようになったのは、少し前からだ。

これでは、どっちが金を払っているのだか判らない。

泡だらけのだるい体をスポンジが擦る。右の次は左。津久井は手際よく新二を洗っていく。まるでトリマーにシャンプーされる犬猫だが、突然爪《つめ》を立てたり、水飛沫《みずしぶき》を散らせたりしないだけ、新二のほうが手間はかからない。

されるがままになっていると、津久井が言った。

「金崎くん、立ってください」

「…は？」

「だから、膝立ちして」

「なんで？」

問いつつも深く考えずに従えば、ぬるりと尻を滑った手に新二は仰《の》け反《ぞ》った。

「なっ、なにしやがんだテメっ！」

「アナルセックスは後始末をきちんとしないと、大変なことになります」

淡々と告げられた言葉にげっとなる。だから中には出すなと言ったのに。タイミングを計り損ねたと言ったが、どうだか判らない。

「…し、知るか。てめぇが勝手に出したんじゃねぇか」

「だから責任は取りますよ」

「どう取んだよ、ロクな方法じゃねぇに決まってる」

「あとで面倒な思いはしたくないでしょう」

新二は舌打ちした。

やはりロクな方法ではなかった。

原始的かつ直接的。尻を割られ、名残にぬるつく場所を開かれる。さっきまで津久井を受け入れていた窄《すぼ》まりは、新二の意思とは無関係に難なく異物を飲み込む。傷つけぬよう塗り込められた潤滑剤のせいかもしれなかった。

ずるりと埋まる長い指に、背筋がぴんと張り詰める。

「……この、変態野郎」

毒づかずにもいられない。ほどよい広さのあるバスルームの床に膝をつき、壁に上体を預けた新二は、苛立《いらだ》たしげに額《ひたい》を擦りつける。

宥《なだ》める声さえ煩わしかった。

「わざと出したわけじゃないです。信じてくれませんか？」

「信じるか、くそったれ」

「そんなに恥ずかしいですか？　ただの後始末と思って…」

「黙ってやれ…っ」

埋まった二本の指がそっと開かれる。生暖かなものがどろりと外へ零れだすのを感じた。尻に男のものを入れられ、またそれを吐き出すところを津久井自身に見られている。とっくに割り切ったつもりの関係をこの瞬間は後悔した。

湿った音が密室にやけに響く。長い指はぐるりと中で蠢《うごめ》き、自らの放ったものを丁寧に掻き出す。狭間から腿《もも》まで溢れ落ちる感触。否応《いやおう》なしに感じる視線。ボディシャンプーの泡を分けるようにして白濁が体を伝う。

「…く…ぁっ」

敏感な場所を指先が引っ掻き、新二は腰を震わせた。

食い縛った歯の間から艶《つや》めいたうめきが漏れ、唇を噛み締める。意に反して緩く起き上がったものが、落とした視線の先に映る。

「…く…そっ」

「若いんだから仕方ないです」

気づかれてしまいカッとなる。そのくせ指先が往復する度、興奮は増す。ベッドの上での交わりで鋭敏になっていたところを刺激されれば一溜《ひとた》まりもなかった。

泡を纏った下腹部の茂みから頭を擡《もた》げた性器。切なげに雫《しずく》を浮かべ始めたそれを、堪らず壁に擦りつけかけて、ぐいと男に抱き寄せられた。

「…すみません」

「なにが…ちょっ、やめ…っ」

深いところへ指が穿《うが》たれ、体から押し出されたように熱い吐息が零れた。

濡れた津久井の体がぴったりと背後に寄り添い、気づけば腿の辺りには雄々しく変化した男のものが触れていた。新二の硬く締まった肌を打つ。

「もう一度しても？」

「つ、追加…料金払うならな」

「いくらです？」

「いく、らって…」

ずるっと体の内で指が動く。抜け出そうとする指に自分の内がうねり、行かせまいと貪欲《どんよく》になって引き止めるのを感じた。欲しがってる。腿から尻へとぞろりと這い上る津久井の屹立に、肌がぞくぞくとなり、狭間を滑る頃には快楽への求めは渇望にまで変わった。

「…と、特別に割り引いてやる」

ふっと背後で津久井が笑んだ気がした。

「さっさとやれ」

入口をいっぱいに広げられ、大きく張り出した先端を含まされて揺さぶられる。

前立腺を刺激してもらい、射精した。もう三度目の随分薄くなった精液が壁を濡らし、津久井が果てるまでの間、新二は床に伝い落ちるそれを混濁する頭で見ていた。

不本意のはずが途中から同意の上となった交わり。終わった後は甲斐甲斐《かいがい》しく、津久井は体から髪までをも洗ってくれた。

「狭い」

脱力して入ったバスタブで後ろ抱きにされる。足を伸ばせる広さの風呂だが、男が二人で入ればどうしたって狭い。

新二はぼやきながらも抗おうとはせず、だらりと縁に腕を投げ出し、煙草を吸った。湯に浸《つ》かる前に脱衣所から持ち出してきたそれに、津久井が呆《あき》れた声になる。

「君は風呂でまで煙草を吸うんですか」

「疲れたからだろ。誰のせいだと思ってんだ。風呂は換気扇もあるし、気持ちいいんだよ。蒸気で喉も痛くならねぇしな」

「そうまでして吸う理由が判りません」

津久井は髪を撫でつけてきた。顔や首筋に貼りつき、濡れてだらだらと雫を零している髪を、耳にかけたり一纏めにしたり。

露《あら》わになった項《うなじ》に唇を押しつけられ、新二は肩を竦《すく》ませた。

「やめろ、くすぐったい」

身を捩って笑う。唇だけでなく、津久井の鼻先が肌を突いてこそばゆい。首の頸椎《けいつい》の辺りから肩甲骨《けんこうこつ》へと悪戯《いたずら》に這い下りる。

「バカ、やめろって…」

「これはどうしたんですか？」

ふと津久井の動きが止まった。

新二の背中にはいくつもの丸い痕がある。

「傷痕…ですか？」

「あぁ、クソ親父が昔ちょっとな。俺の背中を灰皿代わりにしやがった」

「灰皿？」

背中なんて自分ではよく見ない。とうに消えたかと思っていたが、津久井が気にするということは、それなりに目立っているのだろう。

「灰皿って…煙草の火を押しつけられたってことですか？」

途端に男の声は強張る。

言わなければよかった。真っ当な生活を送ってきた人間にこんな反応をされるのは判りきっていた。湿っぽいのは嫌いだ。同情や憐《あわ》れみなどまっぴら。女に尋ねられても素知らぬ顔で流していたというのに。

どうして今、津久井にはぽろりと話してしまったのだろう。

「じゃあ、これは…」

背中の下、腰の辺りには長く伸びる欠けた月のような形の痕もある。

新二はそれにはもう応えなかった。

「…ま、大したことじゃねぇよ、ガキだからびびってただけで。なんなら、今この煙草を押しつけてみせようか？」

熱さや痛みなんてものは、体の反応に過ぎない。小さな火傷《やけど》を負ったところで死ぬわけでもなし、しばらくすれば治る。痕が残るのは鬱陶しいかもしれないが——

「…おい、ちょっと…」

火種を奪われた。指に挟んだものを、津久井が有無を言わせずに奪い取る。

「なにすんだ、おいっ！　あぁっ！」

排水溝の傍にぽとりと落とされた煙草は、一瞬のうちに濡れて熱を失った。

ジュ、と小さな音だけを残す。

「…バーカ、やるかよ。冗談だっつーの」

「冗談にもそういうことを言うのはやめてください」

ゆったりと湯が波立ち、男の長い手足が絡んでくる。すっぽりと包むように抱きしめられ、傷痕の背中を津久井の胸に預ける恰好になる。

新二はやっぱりと呟いた。

「…だからヤだったんだよ」

湿っぽいのに、妙に心地がいいのは困る。


翌週、二人で行ったのは創作和風料理の店だった。

たまには和食も食いたいと三木乃の店で漏らしたら、『それなら一軒付き合ってもらえませんか』と津久井に誘われた。

新二の言う和食とは、カツ丼《どん》や鯖《さば》の塩焼きといった定食の出る店のことだったが、津久井に連れられたのはオーガニック食材を使ったやけに品のいい店だった。

「近々改装を任される予定の店なんです。どんな客層なのかと思いまして」

「へぇ、この店をあんたがね…」

そう古くはない。このままでも充分に営業していけそうな内装の店だが、客足が悪いかもしれない。

平日の午後八時。カウンター席は疎《まば》らだったし、いくつかある座敷の一つ…新二たちのいる場所は、格子の衝立《ついたて》の向こうに一組のスーツ姿の男たちがいるだけだ。会社帰りの上司とその部下といったところか。随分声が響いてくる。

津久井は食事はほぼ外食らしい。それは下見であったり向学のためであったり、打ち合わせや接待の夜もある。それらを差し引いた晩に通ってるのが、友人の三木乃の店というわけだ。

「けどあれだな、どうせならあんたが手がけたっていう店を見てみたいもんだな」

マンションの部屋のように、モノトーンで統一された店なのだろうか。

想像がつかない。これから請け負うというこの店がどう変わるのかも。空調が剝《む》き出しの天井を、グラスビール片手にぐるっと眺める新二に津久井は言った。

「いつも見てるじゃないですか」

「…へ？」

「三木乃の店ですよ。あそこは僕がフリーになって最初に手がけさせてもらった店なんです」

新二は驚いた。

「っていうとなんか聞こえがいいですね。五年前に設計事務所を辞めてフリーになったんですが、最初のうちはなかなか仕事に結びつかなくて…三木乃が同情して、オープン予定だった店を僕に任せてくれたんですよ」

「あの店、もっと古いのかと思ってたよ。年季入ってるっぽいからな、てっきり老舗《しにせ》のバーとばっか…」

「そう思ってもらえたのなら嬉しいです。それが彼のリクエストでしたからね。初めて来た人にも、久しぶりに戻ってきたような気になってもらえる店がいいって」

郷愁を感じさせる店、ということだろう。

ノスタルジー。ホストクラブとはかけ離れた世界だ。だからこそ自分は妙に惹《ひ》かれ、通う気にもなったのだろうか。

「あの店は嫌いじゃない」

「え？」

「悪くねぇと言ってるんだ」

婉曲《えんきょく》な褒め言葉だった。津久井には伝わったらしく、眼鏡を押し上げながら男は照れ臭げに笑う。

一方、天《あま》の邪鬼《じゃく》の抜けない新二は、決まり悪さにぷかぷかと煙草を吸い始める。串物でも注文するかと、テーブルの端のメニューに手を伸ばせば、ふと隣の会話が耳に止まった。

「あ、あの、そういうサービスはしておりませんので」

困惑した女の声。座敷に中腰で立っているのは店の和風の制服を着た若い従業員だ。隣に座って酌をしていけと言われているらしい。

ホステスでも料亭の仲居でもないバイトを捕まえ、酌を強要。単なるセクハラだ。

「ちょっとビール注《つ》いでくれって言っただけだろが。なんだ女、その顔は」

随分とみっともないオヤジだ。声が大きいのが気になっていたが、酒もだいぶ入っていると見える。

テーブルの向こうでは津久井が眉を顰め、新二は躊躇《ちゅうちょ》もせずに言った。

「おい、うるせぇぞ」

衝立の向こうをどやしつける。驚いてこちらを向いたのは、バイトの若い女性だ。

「あ、す、すみません」

「注文。串の盛り合わせに日本酒。久保田《くぼた》でいいや」

「あ、はい。はい、すぐに！」

一纏めにした髪の頭をぺこぺこと下げながら、通路を急ぎ足で奥に向かう。厨房《ちゅうぼう》に逃れる理由ができてラッキーといったところに違いない。

「なんだ、おまえは？」

ぬっと衝立越しに顔が覗いた。赤ら顔のオヤジがこちらを無遠慮に覗き込んでくる。どんな非常識な男かと思えば、身なりはよく、高そうな三つ揃《ぞろ》えのスーツを着ていた。

「せ、専務、ちょっとやめてくだ…あ、あれ？」

慌てて後を追うように覗き込んできた若い男が、あっと声を上げる。

「津久井さんじゃないですか」

目線の先は津久井だ。

「坂本《さかもと》さん…どうも、これは奇遇ですね」

「専務、麻布《あざぶ》の店を担当してもらったデザイナーの津久井さんですよ」

「デザイナー？　あぁ、内装か。あの店はなかなかようやっとるよ」

クライアントらしい。初顔合わせをしたと見える男に、津久井はそつのない仕草で名刺を差し出す。

「そうですか、それはよかったです。なにかありましたら、またどうぞいつでもご連絡ください」

「ふん、君の知り合いかね？」

ろくに名刺を見ようともせず、男は胸ポケットに押し込んだ。テーブルを挟む新二を濁った目で見る。

「ええ、僕の友人です」

津久井は親しい間柄の人間だと言いきり、男は軽薄そうななりの新二に、露骨に蔑《さげす》むような目線を向けてきた。

別段、腹も立たない。津久井と自分じゃ、相席でもさせられてる他人のようだ。金髪にピアス、両手のシルバーアクセサリーにだらしなく胸元を開いた紫のシャツ。どれか一つにしても無関係の相手に見える。

「僕の友人がなにか？」

「いや。君はどうも友人の幅が広いようだね」

新二はテーブルに片肘ついたまま、男の赤ら顔に向けふうっと煙草の煙を吹きかけた。

「はっきり言えよ、付き合う人間は選んだほうがいいってな」

「なっ、なんっ…」

「まぁまぁ、専務そろそろ次の店に行きませんか。僕、いいスナック知ってるんですよ」

男は煙に噎《む》せ返り、若い男が宥め始める。酔った上司の扱いは慣れているらしく、角の立たない方向で店を後にさせる。

伝票を手に男たちが去っていき、座敷は二人だけとなった。出口のほうを見据え、新二は吐き捨てる。

「セクハラオヤジが」

「酒癖が悪いのでしょう。普段はいい方かもしれません」

「はっ、あんたに言わせたら悪い人なんてこの世にいなくなるな」

なにもあんなオヤジまで庇《かば》ってやる必要はない。軽く腹が立った。

「金崎くん、どこへ?」

「トイレだよ、トイレ!」

揃え置かれたサンダルを引っかけ、奥の洗面所へと向かう。初めて来た店だが、特に迷うこともなかった。

洗面所の入口で、新二は女性客と擦れ違った。反対側の女子トイレから出てきた女は、身をかわした拍子になにかを落とした。

「おい」

ハンカチだ。拾い上げて呼び止める。女は振り返ったが、何故か足を止めようとはしなかった。新二の顔を見るとぎょっと後じさり、どういうわけだか目線を逸《そ》らしてそのまま席へ戻ろうとする。

「おい、ちょっと待てって!」

「ひっ、あのっ、私忙しいですからっ」

「はぁ? おまえのじゃねぇのか、このハンカチ」

「あ……す、すみません」

ひらひらしてみせた布切れ。ようやく気がついた女は焦った様子で頭を下げ、受け取ると素早く去っていく。

ナンパとでも間違えられたのか。

失礼な女だ。腹立たしく感じながら小さな洗面所へと入り、ふと鏡を目にした新二は、女が自分を恐れた理由が判った気がした。

ガラの悪い男だ。怖い顔をしている。夜の歌舞伎町では特に浮くほどでもないが、水商売や夜の遊びと無縁で暮らす者から見ればチンピラと変わりない。

客の相手ではテンション高く振る舞う新二も、一度素に戻れば無愛想。目つきも悪く、態度も横柄とくればますます悪い。

「す、すみません！」

用を済ませて表に出ようとすれば、今度は入れ替わりに入ろうとした男をびびらせ、意味もなく謝らせた。

これでは、あのセクハラオヤジの言い分も一理あるかもしれない。

席に戻っても気は晴れなかった。驚いて身を引いた女の顔がチラつく。隣席は静かになり、注文の串盛りも運ばれてきていたが、新二は食べるよりも煙草を吸ってばかりいた。

店を出たところで津久井に問われた。

「金崎くん、どうかしましたか？」

「え？」

「いえ、なんだか急に喋《しゃべ》らなくなった気がして…気分がすぐれませんか？　悪酔いとか…」

「あのぐらいの酒で酔うかよ」

外はじっとりとした空気だった。

もう夏といっても差しつかえない、蒸し暑い六月の夜。店が面した裏通りは、まだ時間が早いこともあり人は少なくなかった。

人一人分ほどの距離を開けて歩く二人の間を、肌を露出した恰好の少女たちが賑やかに行き過ぎる。人の間に分け入るほど道幅は狭くないのだが、津久井とはやはり他人に見えるのだろう。

「あんたさ、俺みたいのとうろついてたら仕事なくすんじゃねぇの？」

言葉は自然に口をついて出た。

「え？」

「あのオヤジだって絶対思ってたろ。付き合う相手は選べってさ」

「金崎くん…急にどうしたんです？」

自分らしくもない、と言いたげな顔が脇から見下ろしてくる。

そうだ、そのとおりだ。なんだって自分は津久井の評判を気にしているのだろう。

「ま、こんな恰好じゃ誰もあんたに売りやってるなんて思わないだろうから、ちょうどいいか。そっちの噂のほうが立ったら困るもんな」

「…本当にどうしたんですか？」

毒づくつもりが、自虐的な言葉になった。

新二はふいっと男から視線を逸らす。

「金崎くん！」

足早になれば、追い縋るように津久井が今夜の予定を尋ねてきた。

「待ってください、これからどうしますか？　明日は午後から仕事なんですが、うちに来ませんか？」

「ん…」

「昨日、発売したばかりの映画のＤＶＤを買ったんです。よかったら一緒に観《み》ませんか？」

「映…画？　いいね、どんなのだ？　俺はたるいのは嫌いだぜ？」

ぱっと勢いづいて振り返れば、嬉しそうな顔の男と目が合う。映画ごときではしゃぐような反応をしてしまった。

「いや、べ…つに映画なんてどうでもいいんだ。俺はあんたんちに遊びにいくわけじゃねぇんだからな」

「判ってます」

そう言いながらも、頭上にある顔は笑ったままだった。

辿《たど》り着いた津久井の部屋で映画を観た。

津久井の趣味とは思えない派手なアクション映画。パッケージのビニールも破られておらず、もしかすると自分と観るために選んだのかと思ったが、津久井がそうまで気を使う理由もない。映画なんて用意しなくとも、金を払えばやることはやれる。

最初は身を乗り出して観ていた。けれど、臨場感を出すべく部屋を暗くしたのが悪かったのか、缶ビール片手がいけなかったのか、落ち着いた回想シーンが始まった途端ソファに沈没していた。

気がついたときにはベッドの上で午前三時。傍らで眠る男を無理矢理起こし、ここに来た本来の『目的』を果たそうとしたが叶《かな》わなかった。新二のほうが睡魔に負けた。くたりとベッドに預けた体を撫で摩られるのは心地よかった。いい夢でも見ているようだった。

いつの時点で寝入ったのか覚えていない。丈の長い遮光カーテンの隙間から、朝日が一条の光となって差し込んでいた。新二は光から逃れようとでもするように、傍らの大きなものに身を寄せ、体を丸め気味にした。

頭を潜り込ませたのは、横臥《おうが》した津久井の腹の辺り。握りしめていたのは男の羽織っただけのシャツ。

目覚めれば、どういうわけか別れた女の顔が頭を過ぎった。

「…かほ」

そうだ。嘉帆と最初に寝た朝も、こんな風に自分は服を握りしめて眠っていた。男物のシャツではなく、女のキャミソールだったけれど。

こんな風に自分はしがみついていて、目が覚めたら嘉帆が頭を撫でていた。

そして言ったのだ。

『付き合おうか。お母さんになってあげる』

新二はぶるりと頭を振った。

なにか嫌な考えに行き着いてしまいそうだった。

のろのろと体を動かして起き上がる。熟睡している男は寝息も立てずに眠っている。ずるりと薄いブランケットが体から落ちれば、クーラーの冷気がひやりと感じられた。

服を身につけようとして、新二は壁際を見た。ワードローブの扉の鏡には、薄暗い部屋のベッドにぺたりと座る男の姿。痩《や》せた体に小さな顔、乱れ下りた前髪の間から、どこか不安そうな目が自分を見ている。派手なシャツも、存在を誇示する金属も身につけていない。裸の自分はやけに頼りなく見えた。

少年の頃の、ガリガリに痩せ細った体で父親の様子をいつも窺い、落ち着きのない目をしていた自分を思い起こさせる。

新二は戸惑った。慌てて身を伸ばし、ベッドサイドのテーブルに散らばるピアスを引っ摑んだ。早く戻さなくては。それはまるで強迫観念のように新二を支配する。

嵌め戻そうとして手を止めた。

太い筒型のボディピアス、アイレットを耳朶のホールに押し込もうとして新二は迷った。ベッドの上の膝頭に温かな息が触れる。乗り出した体の下では、清潔そうな顔をした黒い髪の男が、安らかな顔をして眠っていた。

「誰かと思った」

客の第一声はすべてそれだった。

新二が今までと百八十度違う姿で出勤したその日、訪れた客は皆口を揃えて言った。

新二は髪を切った。

毛先がどうも傷んでいたし、これから本格的になる暑い季節に長い髪は鬱陶しかった。

髪色を黒に戻した。

まめに色を抜く手間が省けるし、髪を傷める心配もない。将来、歌舞伎町の知人の『ハゲ』のようになる可能性も軽減される。

体中につけていたピアスをやめた。

理由は――たぶんイメージチェンジでもしてみたくなったのだ。

派手なシャツもだぼついたパンツもやめ、スーツを着た。華奢に見えるのが嫌で避けていた細身のスーツは、新二を貧相に見せることはなく、引き締まった体をラインよく強調させた。

白シャツにダークな色のスーツ。いくらなんでも地味すぎるだろうと物足りなさを感じる新二に反し、客の反応はよかった。新鮮だと言って、古くからの客ほど囃《はや》し立てた。新鮮どころか、裏から事務所に入ろうとしたときには部外者と勘違いされそうになったぐらいだ。

意外だった。派手女はてっきり連れ歩くのも見合う男がいいのかと思えば、そうでもないらしい。女心は何年ホストをやっても掌握などできない。

なんにせよ、恰好いいと褒められれば新二もまんざらでもなかった。男心は単純だ。

「誰かと思い…」

「それ以上言ったら殺す」

津久井と会ったのは外見を変えてから一週間後、七月に入ってすぐだった。

開口一番、客と同じ驚きを口にしようとした津久井に新二は釘《くぎ》を刺した。毎日毎晩、客に会うごとに言われて飽きてきていたのもあるが、何故だか津久井に言われるのは体裁が悪い。

夕食は軽く済ませ、いつものように津久井の部屋に向かった。

「どれを観ますか？」

男は新二の反応を窺う顔で、いくつかのＤＶＤのパッケージを見せてきた。どれも新二が好みだと言ったド派手なアクション映画ばかりだった。

「…こないだの映画、まだ最後まで観てねぇ」

「あぁ、そうでしたね。じゃあ今日は続きでも観ますか」

明かりを落とした部屋でソファに並んだ。一人暮らしにはちょっと贅沢《ぜいたく》だろ、と突っ込みたくなるような大画面テレビは、映画を観るにはいい。暑苦しいスーツのジャケットをソファの背凭れに投げかけ、リラックスモード。津久井がクライアントの店の開店記念にもらったとかいうワインのグラスも片手だった。

ホストクラブではワインは味わうものではなく乾杯するもの。ゆっくり飲むのは変な気分だ。

画面から発せられる光がちらちらと部屋を舞い、新二の顔を照らす。服が変わったからといって、物腰までは変われやしない。姿勢も悪く、ソファの上に体育座りをするような恰好で膝を抱えて埋まり、新二はちびちびとワインを飲んだ。

やがて、隣で一緒に映画を観ているはずの男の視線がこちらに向いているのに気がつく。

横顔を津久井がじっと見ていた。

「そんなにこの恰好が物珍しいか？」

画面を見据えたまま、新二は言う。

「ふん、これで少しはあんたも並んで歩きやすくなったろ」

「僕は別にどんな恰好でも構いませんよ」

長い影を視界の端に感じたかと思うと、ゆらりと津久井の手が髪に伸びてきた。いつかの朝のように新二の髪を梳く。長さは半分ほどになり、指通りのよくなった黒髪は、するりするりと何度も男の指の間を滑る。

「でも…このほうが似合ってると思います。それに、痛くなさそうなのがいい。いつでもこうして触れられるのも」

津久井は微かに笑った。

砂を吐きたくなるような甘い言葉だ。

もしも――恋人同士であれば。

引っかかる金属のなくなった新二の耳を、男は指の背でそっと探る。抵抗もしないでいると、ふらりと身を寄せられ耳元に唇を押しつけられた。

新二は膝を抱く腕にぎゅっと力を込める。

「あんたが…いちいち外すから、戻すのも面倒だしな」

「僕のため？」

「バカ、勘違いすんな」

「判ってますよ」

判ってる。近頃の津久井はよくそう口にするが、本当に判っているのかと思う。何故なら嬉しそうな顔をする。理解したとは思えない行動をとる。

「すみません。映画の続きは今度でもいいですか？」

「…は？　なんで…」

飲みかけのグラスを奪い取られた。ローテーブルの上にそれは静かに下ろされ、新二はソファに沈められる。

覆い被さってきた男は唇に触れた。ホール痕の残る唇を指で撫で、自分のそれを押しつけ、そして小さく吸い上げた。

「映画…」

まだ次でいいとは言ってない。不満げに呟いた新二の唇の間に、するりと舌先は忍び入ってきた。口づけを邪魔するものはない。

――いつでも。

そう、いつでもこうして津久井に触れられるためにまるで外したかのようだ。その考えは新二の頭を熱くさせる。

違う。違う、絶対に。反論する心の声は響くはずもなく、部屋には炸裂《さくれつ》する映画の効果音と、キスの湿った音だけが響く。

「…嫌、ですか？」

自分の様子を窺う声。今朝下ろしたばかりの張りのあるシャツを這う手のひら。眩しいほど白いシャツの襟元に鼻先を埋められ、じわりと体温が上がるのを感じた。

触れ合わさった腰を意識する。津久井はそれを察したようにゆったりと体を動かした。中心が擦れ合う。

「あ…」

ぴくんと衣服の下のものが反応したのが恥ずかしかった。新二はらしくもない動揺を覚え、伏し目がちになる。津久井はそれをまるで愛《いと》しいとでもいうような目で見下ろし、スーツのスラックスの下で熱を帯びていく互いの性を擦り合せた。

硬くなるのは若い新二のほうが早かった。津久井が充分に張り詰める頃には、下着の中が重たく、じっとりと纏わりつくような違和感を覚えた。

綺麗に押し込んだシャツをウエストから引き抜かれ、革のベルトを外される。すっきりと整えた衣服を乱し、下着の中へ津久井の手が忍び入る。

「……あっ…」

濡れた性器を包まれた瞬間、細い声を漏らし、新二は男にしがみついた。一瞬の声は、自分のものとは思い難かった。

男二人転がるには狭いソファの上で抱き合った。最初は正常位で、二回目は新二が上に乗っかって。いつの間にか映画は終わっており、部屋は互いの荒い息遣いだけに満たされていた。

欲望を満たした後、新二は久しぶりに一人で先に風呂に入った。勝手に借りた白いバスローブから細い脛《すね》を覗かせ、ぺたぺたと裸足で戻ってくると、身なりを整えた津久井がコーヒーを作っていた。

「飲みますか？」

「あぁ」

「金崎くん、座る前にもう少し頭を拭《ふ》いてください。びしょ濡れじゃないですか」

「ああ？　そうか？」

そのままソファに腰を落とそうとして、首に引っかけたタオルで頭を拭われる。苦笑いで犬猫のように扱われても気分は悪くない。

やっとソファに座ることができコーヒーを味わっていると、津久井が寝室のほうからなにかを手にして出てきた。

「明日僕は朝が早いので、忘れないうちに渡しておきます」

財布から抜き出され、テーブルに置かれたのは万札だ。

晴れていた気持ちが、一気に掻き曇る。部屋の明かりだけが眩しく、新二は何度か目を瞬かせた。

「……どうも」

短く応える。

金銭で成り立った関係。それは新二がつくり上げた最初から何も変わっていない。正直、金に困ってはいない。津久井からもらった金は、いつからか家に帰ると同時にシェルフの上の小さなボックスに押し込むようになった。

必要のない金。けれど、必要な金。安定しているようでいて不安定なこの関係は、金銭を抜きにしてはぐしゃりと梁《はり》を失って崩れてしまうだろう。

曇る心の理由を、新二は判り始めていた。

「次は…映画も最後まで観せろよな」

ぼそりと言って手にしたのは、お金ではなくローテーブルに積まれたＤＶＤのパッケージ。どれを見ても津久井の好みとは思えない映画の数々だ。

どういうつもりでこれを買ってきたのだろう。

本当は、今以外の関係を津久井が求めているのではないかと考えてしまう。

元は自分から言い出したこと。津久井はこんな関係を望んじゃいなかった。あの朝…最初の朝、もしも金の話を持ち出していなかったら、どうなっていたのだろう。あの夜、三木乃の店に津久井はやってきたのか。

そして、どんな言葉を自分に聞かせるつもりだったのだろう。

新二は短くなった黒髪を掻き上げた。

何か言ってくれればいい。今からでも、遅くない。何か、ほんの一言でもこの男が形にしてくれたなら——

そうしたら、自分は何を返すつもりなのか。

新二はぶるりと頭を振る。自分の考えを、芽生える感情を形にするのが、ただ恐ろしかった。


「新二さん、どうしちゃったんすか？」

その夜、控え室でぼんやり煙草を吹かす新二に声をかけてきたのは、仲川だった。

「なにが？」

「その恰好ですよ。どうして急にイメチェンしようと思ったんです？　なんか皆が訊《き》いてみろって俺に言うんすよ。自分で訊けばいいのに…」

店の誰もが興味津々らしい。万が一訊いて地雷であったらマズイと警戒してるに違いないが、天真爛漫《らんまん》な仲川は人身御供《ごくう》に出されているとも気づいていない。

新二はソファに深く埋もれ、脇に立つ男を見上げた。黒い細身のスラックスに包まれた足を投げ出したまま、ゆるゆると紫煙を立ち上らせる。

「…別に。大した理由なんてねぇよ。今までのカッコに飽きただけ。みんななんだと思ってんだ？」

逆に問い返してみた。

「え…女でもできたか、逆に振られたんだろって、安沼《やすぬま》さんが」

「ヤスが？　あの野郎…」

「それとコウジさんと、レンさんと、ショウさんも…」

「そんなにかよ！　女なんか関係あるかよ、くだらねぇ…て、ナオ、なにやってんだおまえ？」

すぐ隣にいたはずの男が、一纏めにした髪を揺らし、ばっと壁際まで後ずさる。

「いえ、な、なんとなく体が反応しちゃって…あの、もしかして蹴られんのかなって」

頭より体のほうがまだ空気を読めるらしい。そこまで判るのなら、何故余計なことをベラベラと話してしまうのかと思わないでもない。

「ふん、蹴らねぇよ。つか、煙草吸いにきたんだろ？　突っ立ってないで座れよ」

「そ、そうすか？　あ、ハイ、じゃあ座らせてもらいます。な、なんか最近新二さんに怒られないし、殴られないから調子出ないっすよ」

黒いレザーソファの端に、仲川は遠慮がちに体を小さくして座る。

特に態度を改めたつもりはないものの、そういえばこのところ誰も殴っていない。新人がポカをやっても窘《たしな》める程度ですませているし、仲川がセンスのないトークで客を怒らせても然《しか》りだ。

「なんだおまえ、俺に殴られたいのか？」

「いや、あの殴られたいっつか…俺、新二さんのこと尊敬してるんで。えっと、新二さんみたいなホストになりたいんです」

「は？　俺は別にナンバーワンじゃねぇぞ」

かつて新人に懐かれたこともない。

そりゃあそうだ。酔いつぶれたりヘマをやらかしたりしようものならすぐに拳《こぶし》を飛ばす先輩ホストなど、誰だって敬遠《けいえん》するに決まっている。

「新二さん、客に媚《こ》びないじゃないすか。恰好いいっていうか…なんか自然体で、それがいいってお客がついてるのも羨《うらや》ましいっていうか…俺、こないだ新二さんの雰囲気真似てみたら、生意気だって引っ叩《たた》かれちゃいました」

「おいおい。相手考えろよ、ナオ。俺だってちゃんと相手ぐらい見て行動してる」

「そうなんすか!?　俺はてっきり誰にでも傍若無人なんだとばっかり」

新二は噴き出した。纏めた後ろ髪をしっぽのように振りながらこちらを向く男に、片側の八重歯を見せて笑う。

バツが悪そうに頭を掻く男が、少しは可愛く見えた。懐かれていると思えば案外悪い気はしない。

そう感じるのも、なにか自分に変化があったからなのか。

「シン、客」

戸口に顔を覗かせたホストが、開いたままのドアを注意を引くようにノックした。

「おう」

吸い差しを灰皿で揉み消すと、新二は仲川を残して控え室を後にする。まだ店もオープンして間もない九時。同伴の者もいれば遅番の者もおり、ホストも客も少ない。こんな早くから来るのは誰だろうと、教えられたボックスを見れば、あまり会いたくない顔だった。

「あらまぁ」

嘉帆だ。顔見知りにばったり会ったオバサンめいた反応を見せた女は、新二の姿を無遠慮に上から下まで眺め回した。

「新二が変わったって噂聞いて飛んできたんだけど、ホントだったのね」

「どこの噂だよ。おまえほかの客と繋がりなんてなかったろ？」

「ふふ、ヒミツ」

早く、と急かすようにボックス席の黒革の張り地を叩く。隣に座りメンソール煙草に火を点《とも》してやると、その間も嘉帆は自分の顔をしげしげと見つめていた。

「ふうん、可愛くなっちゃって。新二は絶対に変われないんだと思ってたんだけどなぁ。いい人できた？　そろそろ幸せになれそう？」

会った早々、勝手なことばかりを言う。溜め息しか出ない。

「はぁ？　やめてくれよ。どうしてこう、どいつもこいつも女関係に結びつけたがんだ」

「じゃあなにがあったの？　『なにもない』は私には通用しないから。一応、新二のお母さんだし」

「お母さん？」

「そう。恋人はとっくにやめたけど、まだ見捨ててないわよ。だからこうして見守りにきてあげてるじゃない」

ね、と頬杖《ほおづえ》をつき小首を傾《かし》げてみせる。そんな顔をされても、少しも可愛くない。キャミソールの白い肩を長い髪が滑る。

「なに寝惚《ねぼ》けてんだ？　おまえに見守ってもらう必要なんかねぇよ。それより来たんならいい酒の一本でも入れてけ」

「ムリムリ。もうクジのお金は使っちゃったもん」

互いに言いたい放題だ。こんなやり取りをヘルプで聞いているから、仲川は勘違いをするのかもしれない。まだ打ち解けてもいない客にこんなセリフを言ったのでは、それは引っ叩かれても仕方がないだろう。

「つか、嘉帆。おまえさ、お母さんって…」

勝手に母性本能逞《たくま》しくしてる女なのだろうが、度々言われ引っかかる。

嘉帆は『そうそう』と新二の問いを断ち切った。

「ね、そういえばまた一人警察のお世話になってるんだって？」

「あ？　あぁ…」

リュウジに続き、別の幹部までもが警察に取り調べを受けている。しばらくはその話で持ちきりで、店長は未だキリキリ状態だ。

「新二は大丈夫なの？　随分無茶やってそうじゃない。あんたが一番に捕まったって私は驚かなかったわよ」

「大丈夫だ。ま、今のところはな」

気になることはなくもない。けれど、風俗を斡旋《あっせん》していた女は途中で逃げた。連絡がつかないまま、新二は結局ツケを被らされ踏んだり蹴ったり。これで警察にまで呼ばれようものなら、傷口に塩だ。

「今のとこって、ふーん思い当たることあるんだ？　まったく、警察ぐらい味方につけておけばいいのに。聞いたわよ、ヤクザも敵に回しちゃってるそうじゃないの」

「ちょっと待て、それどこで聞いたんだ？　おまえ、誰から話回ってんだよ？」

「ホントにもうどうしようもない愚か者ね」

人の話を聞こうとせず、嘉帆は独りごつ。

メンソールの煙草を一息吸って悪態をついた後は、新二の顔を見つめ薄く微笑んだ。

「で、何があったの？」

通るもののない耳朶のホールを、ほっそりとした指先で突いた。


嘉帆は深夜前には帰り、その後訪れた客たちと新二は明け方まで盛り上がった。

「シンちゃん、まったね〜！」

ギラギラと照りつける太陽が眩しい。夏の朝日は暴力としかいいようのない日差しで、駅
「おう、電車でゲロんなよ」

近くで客と別れる新二を照らした。

店の閉店後、知人の早朝営業のスナックでアフターを過ごした。朝まで…ときには昼近くまで飲むのが常の新二には、どうということもない朝だが、この夏の日差しはいただけない。

朝からくらりとするほどの熱気がアスファルトから立ち上っている。

白い。色づくものまでもが、なにもかも白くフィルターを纏って感じられる。通りを走る車の列も、ネオンを失ったビルの屋上看板も。その背にした青空さえも。時刻は午前八時を回っていた。出勤時刻のサラリーマンたちが、浮かぶ汗に不快そうに顔を歪めて歩いている。

街では今日が始まり、そして新二にとってはようやく昨日が終わろうとしていた。

通勤する者たちを横目にタクシーに乗り込む。徒歩圏内の家までも、とても歩く気にはなれない。車内でも新二はずっと目を閉じていた。

ようやく辿り着いた部屋で、新二がしたのはクーラーのスイッチを入れることだけだった。閉ざした遮光カーテンを開けることもない。雑然とした薄暗い部屋は新二を落ち着かせる。光から逃れた安堵感に睡魔が襲ってくる。

暑苦しいジャケットだけを脱ぎ、新二はベッドに突っ伏した。淡いブルーのシャツも脱ごうともぞもぞやっていたが、そうする間に部屋は冷えてきた。うつ伏せでシャツのボタンを探った奇妙な恰好のまま、とろとろと眠りにつく。

泥のように重い体は、ずるりずるりとマットレスに沈んでいく感じがした。暗闇の中へと意識が落ちていく。

新二は夢を見た。

夢の中で、なにかに追われていた。久しぶりに見る夢は、どこか懐かしい感じのする夢だった。

子供の頃から、新二はよくなにかに追い回される夢を見た。相手は魑魅魍魎《ちみもうりょう》であったり、殺人鬼であったり。自分が犯罪者で警察に追われる夢もあった。なにに追われているのかすらよく判らず、ただ路地や学校の校舎の中を駆け回る夢も。

今日は振り返るとあの男がいた。

北岡という名のヤクザ。男は真一文字の太い眉を吊《つ》り上げ、新二を追ってきた。

あぁ、やっぱりおまえか。

逃げ惑いながらも、どこかのんびりと思った。

靖国《やすくに》通りからセントラルロードへ。夢は夜だった。つい今しがた青空の下に見た看板は、どれも色とりどりのネオンを輝かせ、通りはいつもと変わらぬ風景だった。人の間を縫い、立ち塞《ふさ》がるキャッチの男を交わし、新二は走り続ける。

誰も自分を助けようとはしない。目を向けることすらしない。けれど、怖くない。新二は少しも恐怖を感じず、時折男のほうを振り返り見ては笑い声すら上げた。

子供の頃から、夢の中ではどんなに追い回され逃げ惑っても新二は怖くなかった。

この後、自分に起こる奇跡を知っていたから。

歌舞伎町二丁目。『K』のある雑居ビルへと飛び込んだ新二は、チラつく蛍光灯の非常階段を駆け上った。疾走するスピードは落ちることなく、屋上に辿り着くまで息が上がったりもしない。開いたドアの向こうへ躍り出し、真っ直《まっす》ぐに手摺《てすり》へと向かった。

空を飛べる。

夢の中では、いつでも自由に空を飛ぶことができる。屋上から、崖《がけ》の上から。校舎の階段、アパートのベランダ、風呂場の小さな窓からさえも。どんな場所からでも空に飛び出し、自由になれる。

怖くない。新二はビルの屋上で手摺を摑んだ。スーツの裾《すそ》が風に翻る。体を前のめらせ、見慣れたネオンの世界へ身を躍らせようとする。

奇妙なものが顔を覆った。

新二は身動きが取れなくなった。サッカーのゴールネットのようなものが、新二の行く手を阻んでいた。それは手摺の向こうだけでなく頭上にもあり、頭のほんの先で空のすべてを隙間なく覆っていた。

新二がどこへも逃れられないように。

新二はネットを摑んだ。揺さぶった。硬いナイロンのネットを引き千切ろうとして叶わず、ネットの穴に両手を突っ込んだ。行きたくとも行けないその先の自由な空を虚しく掻いた。

男が近づいてくる。阿修羅《あしゅら》の形相で新二を見据えるその手には光るものが握られていた。

ナイフを握る金ピカ時計の腕が、無言で突き出される。

「わ…」

驚くほど簡単に、ナイフは自分の体に突き立てられた。白いシャツの胸に赤い輪が広がる。新二は腰を折った。スーツの胸元を押さえ、蹲《うずくま》った。裂けた体から、大量の血液が硬く冷たいコンクリートの屋上へと流れ出す。

血の海の中で、新二は冷えていく自分を感じた。打ち上げられた魚のように体を痙攣《けいれん》させながら、血液も体温も、すべてを失っていく。

命の消えようとする自分を感じた。

ベッドのスプリングは激しく軋《きし》んだ。

新二は大きく体を波打たせ、安っぽいシングルベッドの上で跳び起きた。枕元《まくらもと》に積まれていた雑誌が振動に崩れ落ちる。構わず周囲を見回した。ばさばさと体を両手で探り、どこにも傷などないことを確認する。

夢だ。ただの夢だ。

クーラーのフル稼働した室内にもかかわらず、嫌な汗をかいていた。ほんの浅い眠りだったらしく、目にした時計はまだ九時を過ぎたばかりだ。

やけにリアルな夢だった。

「……はは、笑えねぇ」

ベッドにへたり込み、脱力したまま呟く。起こり得てもおかしくない夢だけに気分が悪い。よれたシーツを握りしめる。一服でもして寝直そうと、ヘッドボードの煙草を探った瞬間だった。

静かな部屋に、電話の着信音が鳴り響いた。

新二は跳び上がりそうに驚いた。聞きなれた軽快なメロディが、薄暗い部屋に不吉に響き渡る。脱ぎ捨てたジャケットを拾い上げ、ポケットから取り出した携帯電話に並んでいたのは、見知らぬ番号だった。

無視してしまいたかったが、電話はいつまでも鳴りやもうとしない。ディスプレイを光らせている携帯電話を、新二はそろりと開いた。

一声は、男のしわがれた声だった。

『金崎新二くんかね？』

年配の男の声だ。あのヤクザではなさそうなことにホッとしつつも、警戒は解けない。

「あぁ…あんた誰？」

『金崎弘三《こうぞう》だ』

「え？」

『覚えてないかね、君の叔父だよ』


よく眠れなかった。

悪夢の後かかってきた電話は、もう十年以上会っていない同じ田舎に住む叔父からだった。父の弟にあたる男だ。

母が入院してると聞かされた。重い肝機能障害でもう一年近く入退院を繰り返し、原因はやはりアルコールらしい。断酒をして症状は落ち着いてはいるが、なかなか改善までは至れず、入院生活が長引いていると言われた。

携帯電話の番号は、田舎の友人から聞いたらしい。以前新二は、数年前から上京してるという中学時代の友人に街で偶然出くわし、それをきっかけに田舎の仲間数人で飲んだ。あれはいつだったか…もう去年の話だ。最近になってそのメンバーの一人と叔父は田舎で話す機会があり、自分が東京で暮らしていることも、連絡先も知ったのだと言った。

口止めしておくんだった。

いや、結果的には連絡がきてよかったのかもしれない。

母が入院しているのは判ったが、その世話を母とは他人の叔父に任せてあの男はなにをやっているのか。浮気相手の女とでも逃げたのか。

新二は父の所在を嫌々ながら尋ねた。

叔父は言った。

『お父さんは…亡くなったよ、三年前だ』

——自分の耳を疑った。

信じられなかった。

死んだ。あの親父が死んだ。

叔父の説明を新二は淡々と聞いていたが、頭の中は白く染まりおぼつかなかった。

突然の脳溢血《のういっけつ》。直接の死因は、脳溢血からくる嘔吐《おうと》で気管を詰まらせ、窒息を引き起こしたことらしい。パートから母が家に戻ると風呂場で倒れており、その頃にはもう死後硬直が始まっていたという。

母はさぞやショックだったろう。気づいていれば助かったかもしれない命。あんな男いなくなってよかったろうと周囲は思っているに違いないが、母の飲酒量はそれから急激に増えたらしい。

母のために帰ってきてやってくれ、と叔父は言った。とにかく、田舎に戻ってきてくれと。

「もう…親だと思っちゃいない」

新二の返事は決まっていた。

九年前から、あの家を飛び出したときから、心に決めていた言葉だった。もしも父や母が自分の居所を突き止めてきたならそう言ってやろうと誓っていた。

怒鳴りつけ、追い返してやろうと。

けれど、現実に出たのは、だらりと零れだすような力ない声。新二は電話を切った。もう一度寝ようと横になったものの眠ることもできず、ただ部屋で煙草を吹かし続けた。

閉ざしたカーテンの隙間から覗く光が色を変えていく。夕刻、シャワーを浴びて着替えると、新二はふらりと部屋を出た。

路地には熱気が漂っていた。空は焼かれたように赤く染まり、アブラゼミがまだけたたましく鳴いている。

こんな日だったのだろうか。

早くも背中に浮かび始めた汗を感じながら、新二は思った。

夏の暑い日だったそうだ。

殺しても死なないような男だと思っていたのに。

新二の記憶の父親の姿は、九年前で時を止めている。飲む、打つ、買うの揃ったろくでなし。おまけにろくすっぽ働きもせず、気に食わなければすぐに暴力を振るう。最低の男だった。

――死んで当然の男だ。

「…どうせなら、もっと苦しめばよかったのに」

店に出勤するにはまだ早い時間だった。飲みたかった。新二の足は、自然と三木乃の店へと向かっていた。

訪れるのは少し久しぶりだ。馴染みのドアを押し開くと、カランとどこかノスタルジックにドアベルが鳴る。

「いらっしゃいませ」

夏だというのに白い顔がこちらを向いた。まだ開店したばかりと見え、三木乃はひょろっこい長い腕をフルに伸ばしながら、カウンターをクロスで拭いていた。

津久井はいない。客も奥のテーブル席に一組いるだけだ。

「どうぞ。今日はとくに暑いですね」

カウンター席に腰をかけると、すぐにおしぼりとメニューを差し出される。やけに愛想がいいと思えば、三木乃は自分に気がついていなかったらしい。

細い眉が上がり、幾度か目を瞬かせる。

「うっそ…なにが起きたの」

黒髪の頭から顔。新しく揃えた仕事用のシンプルなスーツに目線を走らせる。

「…うるせぇ、ビール出せ」

「なんだ、中身は一緒なわけ？　コロナでいいの？」

頷くと、新二が好んでいつも頼むコロナビールが出てくる。添えられたライムを絞りラッパ飲みするも、一気に空になっていくだけで物足りない。強めのショートカクテルを追加で注文した。

「なにか食べないの？　どうしたの、あんたなんか顔色悪いわよ？」

「どうもしねぇ、ちょっと寝不足なだけだ」

「夜遊びはほどほどにね…って、あんたはそれが仕事だったわね」

酒と一緒に、三木乃はサービスだといってフリッツを出してくれた。

新二はグラスを傾けながら、新たな客の来る気配のないドアを見る。

「あいつ…」

思わず呟きかけ、口を噤《つぐ》んだ。地獄耳の三木乃はほんの三文字で話を繋げてくる。

「やっちゃん？　さぁ来るのか来ないのか…最近めっきり来る回数減ったものねぇ。あんた、外で会ってるんじゃないの？」

三木乃は知らない。新二がやけに親しくしていることは感づいているようだが、まさか金銭で体をやりとりしてるなどとは思っちゃいない。この店に来るようになってもう四ヶ月近いが、未だにハント目当ての客が近づこうものなら罵詈《ばり》雑言《ぞうごん》を浴びせ、ホモを毛嫌いする新二だ。

「気になるんなら電話すればいいじゃない？　会議中でもない限り出るわよ」

携帯電話を取り出しながらも、一向にアクションを起こす気配がない新二に、三木乃は至極真っ当なことを言う。

新二は電話ではなく、メールを打った。

『来い』とも『会いたい』とも、一つもストレートな言葉はないメール。一瞬迷って打ったのは、ただ『三木乃の店にいる』とだけだった。

カラン。ドアベルが鳴り、黒服の男が入ってくる。フルーツの入った袋を両手で抱えたのは、若いバーテンダーの男だ。常連の新二に和《なご》やかな声をかけてきた
「あれ、もしかして金崎さんですか？　うわぁ、随分雰囲気変わられましたね。素敵です」

「世辞が上手ね、ユウちゃん」

野次を飛ばしつつも、三木乃はカウンター内から新二に目を送ると、ぼそりと言った。

「こざっぱりして、えらく綺麗になっちゃって」

「ふん」

「ねぇ、やっちゃんが改心でもさせたの？」

若い男の買ってきたフルーツを早速カットしながら問いかけてくる。

「なんだそれ」

新二は憮然《ぶぜん》とした。

「あんたとやっちゃん、共通点なんてどこもないのにって思ってたけど…だからこそ余計にあんたを気にかけるのかもってね」

「は？　なんの話だ」

「放っておけないんだなぁって思ってよ」

「だからなにが？」

三木乃はちらちらとこちらを窺った。もったいつけているのか躊躇っているのか知らないが、言いかけたのならさっさと言えと睨むと重そうな口を開いた。

「あんたさ、ちょっと似てるから。聞いてんでしょ？　やっちゃんの弟のこと。康英《やすひで》っていったんだけどね、あんたみたいなやさぐれたコだったわよ」

「あいつの弟が俺に？」

似てるなんて初耳だ。津久井はいつも詳しく語ろうとはしなかった。

「雰囲気がね。まぁ、あの頃まだ十代だったから反抗期真っ盛りで、ようするにやんちゃしてばっかよ。やっちゃんはあの頃要領がよくって、家では優等生で…不器用でお父さんと衝突ばっかりする弟が目に余って、よくケンカしてたのよ」

新二はグラスの酒を飲み干しながら、さして興味もないかのような声で応えた。

「…ふうん、それでとうとう怪我させたってか」

「え？　なに言ってんの…あんた、なにを聞いたの？」

三木乃が驚いた顔を見せる。

「やっちゃんは、怪我なんてさせてないわ」

「へ、けどあいつ…」

「まぁいっそ怪我でもさせて、それですんでたらよかったのよね……亡くなったのよ、大ゲンカした夜。やっちゃんに腕力で敵うわけないから弟くんは家を飛び出しちゃって、そのままバイクの事故で…」

急に話が深刻になった。

空にしたばかりの酒が欲しくなる。もっと強い酒が飲みたい。過去の新二であれば他人の不幸話程度で動揺しなかったであろう心が騒いだ。

「周りがどう言おうと、やっちゃんは自分を責めてた。たぶん今だってね。変わったもの、昔は喋り方だってあぁまで丁寧じゃなかったし、お人よしでもなかった。昔は結構…遊んだりもしてたのに、いつの間にかなかなか恋人もつくろうとしなくなったし…そうね、生きてればちょうどあんたぐらいの年よ。年の離れた兄弟だったから」

今は遠い、冬の朝。氷を張ったように冷たいアスファルトの上での記憶が、甦《よみがえ》ってくる。

『大丈夫ですか？』

大きな手を差し出してきた男。皆関《かか》わるまいと行き過ぎていた路地で、ただ一人手を伸ばしてきた。

「俺がその弟に似てるから助けたってか？」

同情や罪滅ぼしだとでも。

「さぁ、私はそう思っただけ。ちょうどいいじゃない、やっちゃんが来たら聞いてみたら？」

津久井が来たら――あんなメールで来るだろうか。そう思いかけたところへ、偶然にもカウンターに置いた携帯電話が震えた。

『今日はこれから仕事の打ち合わせなので、すみません』

あんなメールでも津久井は誘われたと思ったらしい。

「勘定」

考えるより先に口をついた。

「え、もう帰るの？　やっちゃん、待たないの？」

「仕事だとよ。帰る」

まるで津久井に会いにきたと言わんばかりであるのに気づいたけれど、新二は訂正する気力もなかった。

ほとんど一睡もしていない体に送り込んだアルコールは、ずっしりと体を重くした。


ここに来た理由を、まだ仕事には早くて暇だからだと思いたかった。

『K』に向かった新二は、そのまま歌舞伎町を通り過ぎ、津久井のマンションの前へ立っていた。日も沈み、闇に聳えるマンションの前で、自分はなにをやっているんだろうと思う。

エントランスホールでインターホンを鳴らしたが留守だった。もう打ち合わせに出たのか、元々外で仕事をしていたのか。もしいたところで来た理由をなんと説明するつもりだったのか判らない。

これからどうする。

回れ右をして帰ればいい。そう思いながらも足がぐずつく。部屋の鍵は返しているから上へは上がれない。ここで待つのか。玄関前やホールで人待ち顔なんて冗談じゃないと思うのに…足が動かない。

——会いたいからだ。

会って、確かめたいことがある。

新二は十分ほどマンションの周囲をうろうろしていた。一時間待ったところで、打ち合わせとやらがそれほど早く終わるはずがない。

諦《あきら》めて戻ろうとしたときだった。

一際目立つ背格好のスーツ姿の男が、路地の先に姿を現した。新二は反射的に一階の駐車場スペースに隠れた。待っていたと知られるのが嫌だったのもあるけれど、津久井が一人ではなかったからだ。

津久井は若い男と一緒だった。

年は自分とそう変わらない。けれど、男の雰囲気はまったく違う。同じスーツ姿でも、自分は今でも水っぽい仕事に見えるのに対し、その男はどう見ても極普通の職業に見えた。

津久井と並ぶ姿が自然に映った。

津久井がなにか言ったのか男が笑う。ふっとこちらを向いた顔は、品のいい色白の細面《ほそおもて》で、綺麗な顔立ちの男だった。

身を潜《ひそ》めた車の陰から様子を窺う。

急に入口で立ち止まりなにをしているのかと思えば、微かな猫の鳴き声が聞こえた。じゃれつくような声が二人の足元で響き、姿は見えなかったけれど、新二には茶色の猫が想像できた。津久井が触ってみたいと言っていた、あの猫。

いつの間に触れるようになったのか。エサをやっていたのかもしれない。

二人がホールに消えた後、車の陰から出ても猫の姿はもうなかった。

足早にマンションの傍を離れる。早く、遠くへ行きたかった。

あの男はなんだ。打ち合わせじゃなかったのか。

自分に嘘をついたのか。あの男と会うために、あの男を家に招くために——

新二は走り出した。形のないもの、恐ろしい感情が自分を追いかけ、飲み込もうとする。気がついた。

自分はあの猫のようなものだ。エサをもらって、触らせている。ただそれだけ。誰とどこでどんな付き合いをしようと、津久井がそれを咎《とが》められる謂《いわ》れはない。

それどころか、自分とは同じ目線ですらないのかもしれない。人と猫。種族が違うように世界が違う。

津久井は自分に、どんな恰好でも並んで歩くのに困ったりしないと言った。そりゃあそうだ。野良猫ならば、どんな姿形をしていたって、連れる人間が恥ずかしくなったりするものか。

三木乃が言ったように、津久井は自分みたいな男を見過ごせないだけだとしたら——

走る新二を、生温かい風が撫でる。

蒸し暑い夜だった。

店に辿り着く頃には、新二は汗だくになっていた。

そのまま洗面所に飛び込んだ。顔を洗っても、頭から水を被っても、火照った熱は一向に冷めない。上がった息も、なかなか収まろうとしない。

排水溝へ流れ落ちる水を見つめていると吐き気がした。

汗で体にべったりと貼りついたシャツが不快だ。気分が悪い。息が苦しい。胸苦しさは時間が経《た》つほど治まるどころか増してきて、新二は指が白くなるほど洗面台の縁を握る手に力を込めた。

「はっ…はぁっ、なんだこれ…なんだよ、チクショウっ」

荒い息をつく。目の前の鏡に映るのは、青白い顔。濡れた額に漆黒の髪が一筋貼りついている。

不安に怯《おび》えるような男の顔が、自分を見ていた。

新二は突然通路に出た。一目散に控え室へと向かう。頭から水を滴らせ、とても冷静とは思えない形相で飛び込んできた新二に、控え室にいた数人はぎょっとした目を向けてくる。

ロッカーを開け、荒々しく中を探った。押し込まれたものを外に散らす。周りはただただ息を飲み、新二は手のひらほどの大きさのプラケースを手に洗面所へ舞い戻った。

中にあるのはピアスだった。ほとんどは家にあるが、ロッカーにもいくつかを置きっぱなしにしていた。新二はこの三週間ほどなにも通すことのなかったホールに、ステンレスの光を戻した。

身につけても、苦しさは癒《い》えない。ピアスを嵌めるだけでは、あの津久井と寝た最初の朝のように自分を上手く取り戻すことができない。

新二は焦り、苛立った。ケースの中の細長いニードルに気がつきそれを手にした。迷いもなく顔に突き立てる。眉上の肉を引っ張り鋭利な針を貫通させた。そのままピアスを通すはずがゲージが合わず、穴を広げようと何度も何度も新二は突き刺した。そこが終われば次へと場所を移した。

顔に増えた三つの光。

鏡を見据えていると入口のドアが開いた。

鼻歌を歌いながら陽気に入ってきたのは仲川だ。

「あれ、新二さん？　今日早いっすね、おはようございま…」

男は新二の顔に目を留める。

「新二さん、ちょっとその顔っ…どうしたんすか？　ち…血、出てますよ!?」

「おまえには関係ない」

「で、でも血が…なんでまたピアスしてるんです？　つか、なんで穴増やして…」

無視してニードルをケースに戻した。そのまま出ていこうとする新二の腕を、仲川は焦った様子で引き止めてくる。

「し、新二さん、なんか変です。何かあったんすか？　大丈夫…ですか？」

「うるさい、俺に触んなっ」

新二は窺う男の手を振り払った。怒鳴りつけ、そして反射的に殴りつけた。

拳を少し高い位置にある男の顔に振り出す。殴りつけられた男は後方によろめいた。不意を打たれ、加減もないパンチを受けた仲川は両手で顔を押さえてうめいた。

苦悶《くもん》の表情。噴き出した鼻血が指の間に滲《にじ》むのが見え、新二は立ち竦んだ。

「あ…」

なにか声をかけようとして、言葉がみつからない。踵《きびす》を返すしかできない。新二はそのまま男を置き去りに通路に飛び出した。

◇ ◇ ◇

ジャラリ。ボックス席の背凭《せもた》れに触れた腰のウォレットチェーンが、重い金属の音を立てた。

傍《そば》の通路を通りかかった新二《しんじ》に、壁際で談笑していた若いホストたちが沈黙する。金色の前髪の間から冷めた眼差《まなざ》しを向けると、男たちは背筋までをも伸ばした。

翌日から髪を染め直し、ピアスだけでなく服装も戻った新二は、皆から恐れられるようになった。元とは少し違う。キレやすいが、軽くてノリはいいはずの新二は、ただキレやすく気難しいだけの存在となり、仲間は遠巻きにするようになった。

「もったいない。なんで戻しちゃったの？　シンちゃん、こないだの恰好《かっこう》すごく似合ってたのに〜」

客に愛想笑いをするのが精一杯だ。馴染《なじ》み客のボックス席へ入った新二は、無理に笑顔をつくった。

「お望みならコスプレぐらいいつでもするよ」

「えー、あれってコスプレだったの⁉」

客の反対側で酒を作っているヘルプの仲川《なかがわ》が、ちらりと自分を見る。

目が合うとさっと逸《そ》らされる。あれから十日。自分に懐いていたはずの男までもが、距離を置くようになった。

殴った痕《あと》は消えても、残ったしこりは消えない。ヘマをやったのでも、ただうざかったのとも違う。仲川が自分を心配してくれていたのは判《わか》っていた。なのに殴った。これで気まずくならないわけがない。

店のほうは、新二が変わったところで相変わらずだった。

騒がしい宴《うたげ》の夜。今日もまた一日が過ぎていき、店が閉店時間を迎えたばかりの午前六時過ぎだった。ばらばらとホストたちが帰っていく中、控え室でぼんやりしていた新二は声をかけられた。

「新二、表に客が来てる」

「客？」

こんな時間に客が来るはずがない。男だと教えられ、まさかと思った。そんなことがあるわけがないと思いながら、通路に出る。

エレベーターの前に背の高い男が立っていた。

新二の顔を見ると、津久井《つくい》は安堵《あんど》したような…それでいてどこか淋《さび》しげな顔で微笑《ほほえ》んだ。

「また髪、染めたんですね」

自分の姿を津久井が気にしているのは、店の前で会ったときから判っていた。

新二は無視して問う。

「で、なんだよ話って？」

久しぶりの白いソファの座り心地を感じながら、新二は脇《わき》に突っ立ったままの男を見上げた。

話があると言われ、向かったのは津久井の部屋だ。立ち話をするには帰宅していく店の連中の視線が痛かった。見るからにホスト仲間でもない一般の男が、新二を訪ねて朝っぱらから店まで来るなどただごとではない。

この十日間、ずっと電話が繋《つな》がらず困っていたのだと男は言った。それは繋がらないだろう、新二は着信拒否していた。見知らぬ番号からの電話もすべて無視した。

家にも何度も行ったと言うが、それも会えなくて当然だ。ほとんど家には寄りついてない。この十日間、馴染みの客の家を転々と泊まり歩いていた。

以前話に出た店の名を頼りに、津久井は調べてきたのだと言う。こんな朝も早くから、さすがに軽い気持ちで訪ねたのではなかったろう。

「閉店した後なら、そう迷惑にならないかと思ったので…金崎くん、どうして電話に出てくれなくなったんですか？」

「…面倒くさくなったからだよ」

ふいっと顔を背《そむ》けた新二は、窓の外を見た。思わず目を細める。部屋の外は太陽の昇ったばかりの空が眩《まぶ》しい。日差しを受けた朝の街並みは、白く発光しているかのようだ。

「三木乃《みきの》が…君に弟のことを話してしまったと言ってました。それが君に不愉快な思いをさせてしまったのなら謝ります」

「弟？　なんの話だっけ…あぁ、別に」

「弟のことは関係ありません。君を助けたときに、一度も思い出さなかったとは言いません。でも、君と親しくなったのは、それとは関係ない部分で君に惹《ひ》かれたからです」

「俺にねぇ。近所の野良猫に似てんだっけ。嬉《うれ》しくもねぇ話だな」

「金崎《かねざき》くん、僕が弟のことを君に最後まで話さなかったのは…話せば今みたいに、君は誤解してしまうだろうと思ったからで…」

素気《すげ》ない返事しかしない新二に、男は説明を諦《あきら》める気配もない。

「なに必死になってんだ？」

新二は振り返ると、片腕をソファの背に投げ出した。いかにも面倒くさそうに頰《ほお》を押し当て、木で鼻を括《くく》ったように言う。

「気になんかしてないって言ってんだろ。忘れてたよ、オカマの話なんか。鬱陶《うっとう》しいな、あれか？　俺がいなくてあっちのほうが困りでもしたか？　あんた、お堅そうな面《つら》して結構やるもんな」

津久井は動じなかった。酷《ひど》い言い草にも眉《まゆ》一つ動かさず、まるでその程度の言葉の応酬は判っていたとでもいうようだ。

「君こそ…気にしてないのなら、どうしてそんなに不機嫌なんですか？」

「普通だよ。俺は元からこんなだ」

「どうして僕を避けるんです？　怒ってるからでしょう？　怒ってるから、携帯も着信拒否して、会わないようにした…そうでしょう？」

逆に追い詰められる。まるで自分がただ拗《す》ねているだけの子供であるかのように指摘され、カッとなる。

騙《だま》されるものか。調子のいいことばかり言っても、自分は猫と同じ扱い。部屋に客を呼ぶのに嘘《うそ》をついたのは、言いづらい関係だからじゃないのか。

忘れたいのに何一つ忘れられない。津久井よりも、むしろそんな自分に腹が立つ。

新二は金色の髪を無造作に搔《か》き上げる。

そして笑い出した。

最初は小さく肩を揺らし、それから声を殺そうともせず高笑いを始めた。

「あはは、おもしれぇや。あんたもめでたいな」

男を見上げ、リングピアスの唇を歪《ゆが》ませる。

「自惚《うぬぼ》れんな。そんなに言うなら教えてやるよ。新しい客ができたからさ。だからあんたに会わなくなっただけだ」

「新しい…客？」

「そ。金持ちのヒヒジジイ、って言いたいところだけど、わりと顔もいいし年も若い。ま、あんたには感謝してるよ。男も悪くないって教えてもらったもんな、女より金持ってる奴多いしさ」

大仰《おおぎょう》な仕草で肩を竦《すく》める。

口から出任せの、いかにも自分らしいであろう理由。どこか虚《むな》しい。こんな嘘しかつけない、心の捻《ねじ》れた自分が疎ましい。

新二は津久井の顔を見れなかった。

立ち上がる。もうこの部屋に来ることはないだろうと感じていた。

「…そういうわけだ。悪いけど、二人も客取るほど俺も暇じゃないんで、あんたとは終わりにさせてもらう。じゃあな、結構…楽しかったよ」

玄関へ向かおうとして足が止まった。動けなくなった。腕を掴《つか》む強い力が、去ろうとする新二を阻む。

「いくら払えばいいんです？」

「え…」

「いくら払えば、君は…そんな真似《まね》はやめてくれますか？」

「そんな真似？　自分も散々やっといてなんだよ。うるせぇな、あんたには払えない額だ」

大きく腕を撓《しな》らせる。振り解こうとした手は少しも離れようとしない。

「放せよ。暇じゃないって言ってんだろ、約束あんだよ、今日だってそいつとな。あんたも…すぐ見つかるだろ、新しい男ぐらい。案外もういたりしてな」

最後は口にした自分が惨めになる。

「…判りました」

低い声で男は言った。ぐらりと体が傾《かし》いで驚く。力任せに奥の寝室のほうへと引き摺《ず》られた。なにが判ったのかと新二が問うより先に、津久井は耳を疑う言葉を寄越《よこ》した。

「床でされるのは嫌でしょう？」

「は…なに言ってんだ？　放せよ、放しやがれっ…！」

身を捩《よじ》って拳《こぶし》を繰り出す。本気だった。新二は手加減などしていなかったし、体が鈍《なま》っているはずもなかった。それを、まるで風圧を受けた紙のように極自然に津久井はかわした。

ただの優男《やさおとこ》でないのは知っていても、衝撃だった。もう一発食らわそうとして動きが遅れた。殴るどころか捻《ひね》り上げられ、いよいよ身動きが取れなくなる。

「テメっ、どういう…っ…！」

後ろ手に両手を捻られたまま体を押しやられ、何度もよろけた。部屋に入るとベッドの手前で一際強く押され、突き出されて勢いよく倒れ込んだ。

スプリングが軋《きし》む。拘束する手が一瞬緩んだ。隙《すき》を逃さず蹴《け》りつけようとする両足の上へ、津久井は圧《の》しかかってきた。

「…殴るのは終わってからにしてください」

「なに…考えてんだおまえっ、なに考えてんだよっ！」

ぐいと引っ張り上げられるような衝撃を覚えた。腰の辺りで弾《はじ》けた音の正体を、新二はすぐさま知った。

束ねた手首に巻かれた硬い金属の感触。ズボンから引き毟《むし》られたウォレットチェーンだった。

縛《いまし》められてなお、男のしようとしていることが…実際に実行されているのが信じられない。無造作にズボンを引き下ろされ、邪魔だというように下着も一緒に両足から引き抜かれる。津久井の顔は見えない。このままやろうとでもいうのか。首を捻っても男の顔は確認できず、真意は判らない。

かたりと引き出しが鳴る。ベッドサイドの小さなテーブルの引き出し。そこになにが入っているのか、新二はよく知っている。新二の体の負担を気遣い、いつの間にか津久井が購入してきた潤滑剤のチューブだ。

「ふざけんなっ、チクショっ」

激しく体を捩り、浮いた腰の下へ枕《まくら》が押し込まれる。

本気か脅しかはもう関係がなかった。シャツ一枚を残して下衣を引き剝《は》がされ、尻《しり》を突き出させられたのは、すでに惨め以外の何物でもなかった。

冷たい感触に鳥肌が立った。

濡《ぬ》れた指に狭間《はざま》を辿《たど》られ、新二は金色の頭をばたばたと打ち震わせた。

「てめ…殺してやるっ、くそ、くそ…っ」

どんなに楽だと教えられても拒んだ行為だ。犬猫のように四つん這《ば》いになって尻の穴を弄《いじ》られるなど、プライドの高い新二には我慢ならなかった。

「…うっ…ぁっ」

ゼリーを纏《まと》った冷たい指が、体の中を探る。慣れた指遣いで前立腺《ぜんりつせん》を探し出す。集中的に擦《こす》り立てられれば、すぐに性器は勃起《ぼっき》した。枕の上で張り詰め、先走りを零《こぼ》し始める。

屈辱感にぐらぐらした。こんな行為を強いる男に、こんな状況でも感じている自分に、悔しさと情けなさで頭が沸騰しそうに熱くなる。

快感は新二から力を奪い取った。忙《せわ》しなく振り立てていた頭は、やがて僅かに緩く振るだけになり、シーツの上を金色の髪が力なく揺れる。

ぐずぐずに崩れそうな腰。ゆったりと窄《すぼ》まりを行き交うようになった指先。浅い場所を嬲《なぶ》っていたかと思えば、ずるっと奥深く沈む異物感に、津久井の長い指で犯されているのを否《いや》応《おう》なしに感じさせられる。

「う…あ…」

膝《ひざ》が戦慄《わなな》き始めた。埋まる指がぐるりと中を広げる。きゅっと窄まりが閉じ、津久井の指を食い締めた。ぶわりと溢《あふ》れた雫《しずく》がまた枕を濡らす。

「気持ちいいですか？　すごい…中が締めつけてる」

「……っ…」

新二は唇を嚙《か》んだ。

「…だから最初に言ったんです。僕は本当は粗野でどうしようもない人間なんだって」

暗い声で津久井は言った。

力の籠《こも》らない腰を高く掲げられる。穿《うが》たれた指が抜けたかと思うと、剝《む》き出しの入口を指の腹でなぞられ、ぞくりと背筋が撓った。

ひくんと呼吸した穴の周囲を濡れた指が円を描く。

男の視線を感じ、じわりと体が熱くなる。

「…う、や…っ」

自分が羞恥《しゅうち》で快感を覚えるなど信じられなかった。

また指が挿入される。淫猥《いんわい》な音が響く。二本に増えた指が左右に開かれ、従順になった部分が口を開いたのが判った。くちゅとあられもない音を立て、されるがままに津久井に口を

開けてみせる。

「…あ…うっ、う…」

歯を食いしばり必死で否定しているというのに、快感を肯定する雫が幾重にも滴る。ゆらゆらと振り子みたいに腰が揺らめき、触れられない昂《たかぶ》りの先を濡れた枕に擦り寄せてしまう。

「……いや、だ…」

今にも達してしまいそうだ。執拗《しつよう》に弄られる部分が、鋭敏になりすぎて堪《たま》らない。新二は身悶《みもだ》え、額《ひたい》をシーツに擦りつけた。後ろに回された手を虚しく揺らす。体を支える胸が圧迫されて苦しかった。

体も、頭の中もあるべき形をなくす。

「もっとゼリー足しますか？　切れたら困るでしょう？　これから…ほかの男ともやるのなら」

男の声は冷えていた。拭《ぬぐ》い去れない怒りを刷《は》いた声で言い、指を抜き取る。

硬いものを感じた。慣らされた口にチューブの先を直接咥《くわ》えさせられたのだと判り、新二は必死で頭を振った。

「…めろ、や…めろ、ひ…あぁっ」

冷たいものが流れ込んでくる。まだ少し硬い潤滑剤が押し出され、どろりと逆流する感触に襞《ひだ》が自然に蠕動《ぜんどう》する。

新二は体を突っ張らせた。

「あっ、あっ…」

その衝撃に縋うどころか、頭を打ち振ることすらできず、高く腰を掲げたままあっけなく達した。

触れられもしなかった性器が精液を散らす。吐き出しながら、ほとんど意味をなさない言葉が切れ切れに零れた。

「…ちが、違う、ち…くしょ、この…」

頬の辺りが気持ち悪いと思えば、涙で濡れていた。

惨めな恰好で射精させられ、生理的とはいえ泣いている自分に打ちのめされる。新二は置かれた状況が受け入れられず、ひきつけを起こしたように硬直した。

もう文句の声も出ない。砕かれた自尊心。尻から抜かれる異物の感触に、体が細かく震え出す。無様な射精の後は、恐怖にも似た激しい自己嫌悪が襲ってきた。

空調が効いた室内にもかかわらず、背中に嫌な汗が浮かぶ。シャツの上から背に触れた手にびくりとなった。手首の縛めを解かれても強張《こわば》ったままでいる体を、そろりと横たえられ仰向《あおむ》かされた。

男が覗《のぞ》き込んでくる。

津久井を見上げる新二の目は、落ち着きなく揺れた。まるで怯《おび》えたように細かく揺らぐ。

「僕は…君が好きです」

言葉とともに向けられたのは、想像したのとは違う、ずっと優しい眼差しだった。

「君はきっとすごく嫌がるでしょうけど…僕はいつの間にか君を可愛い人だと思うようになってました。ちょっと乱暴なところも、捻くれてるところも。それから…本当は優しい部分を隠しているところも」

濡れたままの新二の頰を手の甲で拭う。

「君にもっと早くに伝えるべきでした。ほかの人ともするというなら…本当にこの関係は終わりにしてください。僕は、ただの一度もお金で君を抱いたつもりはない。最初から、好きだから抱いた。それだけでした」

体のどこかが小さく震えた。

認めたくはない。信じたくはないけれど、自分がその言葉をずっと欲しがっていたのを受け入れるよりほかはなかった。

ただ最初を間違えただけ。自分を甘やかすこの男に惹かれておきながら、それを認める術《すべ》を知らなかった。

新二は手を伸ばした。男のシャツの襟元を引っ張る。もう少し力が籠っていたなら、まるで摑みかからんとする仕草。けれど、殴るのでもどつくのでもなく、新二がしたのは顔を寄せることだった。

両手で引きつけた男の顔に鼻先を擦り寄せる。ぶつかる眼鏡が邪魔で、そっと外した。

唇を押し合わせながら、新二は精一杯の言葉を告げた。

「…しねぇ。あんたとしか……ほかの奴とはしない」

自分が男のものに触れたいと思う日がこようなどとは、思ってもみなかった。

最初に酷くした詫《わ》びか、津久井の愛撫《あいぶ》はやけに優しい。けれど、その心地よさに身を預けるには、新二はいつになく津久井を欲していた。

欲しい。もっと知りたい。負けまいとでもいうように男の体を跨《また》いだ。自ら上に乗っかり、互いの性器を愛撫できるよう後ろ向きに顔を埋めた新二に、津久井は驚いて息を飲む。

「俺もする」

裸の体を淫靡《いんび》に絡ませ合った。女となら幾度となくしていた行為が、やけに大胆に感じられ興奮する自分を感じた。

津久井に口づける。半分ほど起き上がったものを手のひらで包み、唇を這《は》わせる。目の前にすると、その大きさを余計に感じずにはいられない。根元まで辿ると、ずくりと体の奥が疼《うず》いた。下腹がうねり、放ち終えたはずの性器がまた勢いを取り戻す。

撫で上げられた内腿《うちもも》が震えた。

「もっと近づいてください…これじゃ、届かない」

羞恥に頭が焼ける。こんなはずじゃなかった。手慣れた行為で先導するつもりが、津久井を相手にすると状況が一変する。こんなに恥ずかしいのも、そのくせ求めてしまうのも、この男とのセックスが初めてだ。

愛撫してもらうには、津久井の顔の上に下腹部を寄せるしかない。新二は震えそうになる腰を落とした。

「は…はぁっ」

物欲しげに揺れる先が、男の唇を突く。濡れた尖端《せんたん》を吸われ、幹を手のひらで擦り上げられ、ねだりがましい吐息が零れた。津久井の大きな手指に包まれると、新二のそれは一回りも二回りも小さくなったように感じられる。

新二の身につけたアクセサリーに、津久井はすぐに気がついた。裏の括《くび》れの傍を貫通した異物。太いゲージのバーベル型の金属。

「ピアス…なんでまたつけたんですか？　僕以外の男は喜ぶと思った？」

「ちが…っ」

性器に通したピアスに津久井は触れた。まるで悪い行いへの罰であるかのように、執拗に弄った。

今までこんな風に扱われたことはない。引っ張られ、口に含んで転がされ、そしてまた歯に引っかけては嬲られる。

新二は男に愛撫するはずだったのも忘れて頭を振った。

「い…痛い、もう…っ」

すすり泣くような声が漏れた。

泣き言を口にするなど、まるで自分が自分でなくなっていく気がした。初めてピアスのホールを空けたあの日。先輩に耳朶《みみたぶ》に針を通された十四歳のときだって、痛みなんて堪えていられたのに——

熱い。ただの痛みとも違う、疼くような感覚がそこから広がっていく。

「痛い？　外してほしいですか？」

下肢のほうから問う声が響く。

新二は頷《うなず》いた。声にならない。こんな恰好で頷いたって、津久井に見えるわけもない。新二は必死で声を紡いだ。

「…はず、外し…てくれ」

手にしたままの男のものが、張りを増した。新二の言葉に呼応し、雄々しく形を変える。

興奮してる。津久井が。

自分が津久井を変えている。誘われるかのように潤んだ尖端に唇を寄せていた。

舌を伸ばし、口に含んだ。唇で張り出した先端を擦り、口腔《こうこう》に迎え入れる。男のものに口を使うなんて初めてで、上手《うま》く喉奥《のどおく》まで開けず噎《む》せ返る。

「金崎くん、無理しないでいい…君の、いいように…」

ピアスを抜かれ、残ったホールに甘く吸いつかれた。緩く歯で撫でられたかと思うと、尖端から蕩《とろ》けそうな快感が這い上ってくる。温かな口腔に包まれる。体に覚えこまされた官能の記憶は、それだけで狂おしく新二を昂らせた。

「んっ、んっ…」

夢中になって顔を落とし、津久井を頬張る。一方で、女の襞を掻き分けるときのように卑《ひ》猥《わい》に腰を動かし、男の口の中へ反り返ったものを押し込む。

頭が朦朧《もうろう》となり、津久井の上でくたくたに体が崩れてしまいそうだ。

「…ひ…ぁっ」

口淫が解かれ、ひっそりと口を閉じていた場所を指で開かれた瞬間、新二の体は羞恥の色に染まった。

いっぱいに注ぎ込まれていた潤滑剤が溢れ出す。もじりと腰をくねらせてしまい、晒《さら》した媚態《びたい》にきゅっと頭の奥が収縮するような感覚を覚える。

「あ、いい…いいっ、そ…こっ」

恥ずかしく勃起した性器を揺さぶった。先走りが止め処《ど》なく滴る頃には、津久井が欲しくて堪らなくなっていた。

重い体を起こし、ベッドの上で向かい合う。

まだ頭はぼんやりとしていた。そのほうがいいと鈍い頭で思った。でなければ、『全部外してほしい』なんて、新二にねだれるはずがなかった。

眼鏡のない津久井の目が、新二の言葉に眇《すが》められる。へたり込む体や顔から、ピアスが取り去られる。古くからあるものも、新しく増やしたそれも。

胸のピアスを外すときにはやっぱり少し恨みがましく弄られて、すすり喘《あえ》いだ。

一言言えばいい。ほかの男なんていやしないし、一度だって寝ていないと。言えないのは見栄《みえ》かもしれないし、嫉妬《しっと》なんて縁遠そうな涼しい顔の男が、やけに拘《こだわ》るのが嫌ではないからかもしれなかった。

向き合って体を起こしたまま、腰を落として男を頬張る。津久井に跨がり自ら受け入れた。抱き合い、腰を揺らし、体の中を擦る。

「…あ…あっ、あっ…」

前立腺の部分は、大きく張り出した尖端に押し広げられるだけで堪らなかった。我を失うほどの愉悦。津久井の首筋にしがみつき、夢中になって腰をくねらせる。

「…い…いいっ、あっ」

締まりを失った唇から、甘えた声が間断なく零れる。目線を落とした先では、反り返った性器が男の腹を打っていた。溢れ返る先走りを、締まった腹へと散らしている。

「すごい…いい、金崎くん、僕も…」

熱い吐息を漏らし、津久井の手のひらがそれを包む。

「…あ…ぅっ」

きゅっと握られ、それだけで達してしまいそうだった。膝ががくがくと震え出し、腰を揺すっていられなくなる。

「…つ、津久…井っ」

「康文《やすふみ》です」

「…あ…」

「呼ん…でみて。君に名を呼ばれたい」

新二は嫌だと首を振った。今更かもしれないが、そんな甘ったるい真似はできないと抵抗する。

「君が好きです。呼んでください」

どうかしている。たったそれだけの男の言葉で追い詰められたようになる。

少しハスキーな掠《かす》れた声で、新二は名をなぞった。

「…やす…ふみ」

「そうです。僕の名前だ」

男は笑みを浮かべる。

新二の振り乱れた金色の髪を撫《な》でつけ、額に唇を押し当てる。まるで子ども扱いのキスをしたかと思えば、深く唇を重ね合わせてくる。

口づけながら手のひらで扱《しご》かれ、下から突き上げられ、すぐに高みに押し上げられた。

「や、あ…も、出そ…っ、出るっ」

「射精しそう？」

「…ん、んっ」

新二はこくこくと頷く。手綱を取られ、甘やかされ、羞恥心を煽《あお》られてどろどろになる。無意識に俯《うつむ》き加減に視線を彷徨《さまよ》わせる新二を、男は引き留めた。

「新二」

不意に名を呼ばれ、心臓がとくんと鳴った。

逃げそうになる眼差しを向ける。視線に雁字搦《がんじがら》めにされたようになって、見つめ返すまま達した。細く喘いで、津久井の手の中に吐精した。

「あ…」

新二が目線を落とすと、とろとろと漏れる残滓《ざんし》まで大きな手のひらは受け止めていた。

ねっとりと濡れた手で、イったばかりの尖端を包まれる。亀頭《きとう》から根元まで、ゆっくりと扱き上げられる。

「…津久……や、め…っ」

「康文、でしょう？　名前は一回だけのサービス…なんて言わないでください」

「やす…っ…」

名を呼び違える度、津久井は訂正した。

喘ぐようにひくついた小さな穴から、透明な雫が浮き出す。指の腹で塗りこめるように鈴《すず》口《ぐち》を擦られ、びくびくと腰が弾んだ。繋がったままの穴が引き攣《つ》れることさえ、快感にすり替わろうとする。

再び始まった律動に合わせ、新二は腰を揺らめかせた。淫《みだ》らに上下させ、放たれる男のものを身の奥深くで受け止める。

誰も受け入れることのなかったはずの場所で、新二は津久井を感じていた。


「こないだはすみませんでした。打ち合わせがなければ、すぐに誤解を解くことだってできたのに…」

二人分の体を収めたバスタブは、ほんの僅《わず》かに体を動かす度に湯を溢れさせた。

新二が嫌がらないでいるのをいいことに、津久井は背後から長い手足を絡ませてくる。体も頭も津久井に洗ってもらい、自分では指一本動かしていない気がするのに、やけにだるくてくたくただった。

津久井との今夜のセックスは、体よりもむしろ精神を磨耗した。普段の自分を打ち捨てた言動の数々は、常にない気恥ずかしさと虚脱感を覚えさせる。

湯の中で膝を抱えた新二は、ぼんやりと水面を見つめていた。

「あんたさ、色白が好きなのか？」

「え…？」

「色白の品がいいのが本当はタイプなんだろ？」

「ど…うしたんですか急に？」

しれっと『打ち合わせ』なんて言うものだから、つい口にした。新二はぼそぼそと言う。

「いや、好みの男としけこむような打ち合わせならさぞかし楽しいだろうってな」

「しけこむ？　誰のことを言ってるんです？　あぁ…もしかして佐々木《ささき》さんのことですか？　暫定図面が見たいって急に言われて、打ち合わせついでに来てもらいましたけど、別に好みでは…」

津久井は考えるように言葉を置いた。

「…って、見たんですか？」

「たまたま通りかかっただけだ」

「内装工事会社の人も後から二人来たんですけど、それは？」

「え…」

「打ち合わせはここで頻繁にやってるので…そういえば君と擦れ違うことはないですね」

一人暮らしには立派すぎる、居間の白いソファセット。美しいまでに洗練されたスタイルの家具、モデルルームのような部屋。単なる綺麗好きかと思っていたが、仕事の客を招いているのなら納得がいく。仮にも空間デザイナーの部屋が新二の部屋のようであっては、クライアントも逃げ出す。

新二は自分の勘違いに気がついた。

黙り込むしかなかった。

「もしかして…嫉妬してくれたんですか？」

最も嫌な言葉が降りてくる。応えるはずもなく、無視して新二は水面を見続けた。

抱えた膝に顎《あご》を押しつけ、むすりと唇を引き結ぶ。それは拗ねたとしかいいようのない仕草だったものの、ほかに取るべき態度が見つからない。

湯に温められた褐色の項《うなじ》に、唇が押し当てられた。

「金崎くん」

「…なんだよ？」

「こっち向いてください」

「…なんで？」

「キスしたい」

「…あんた、結構恥ずかしい奴だな」

呆《あき》れてちらりと後ろを見れば、そのまま唇を奪われた。自分を抱く腕にぎゅっと力が籠り、湯がまた少し音を立てて溢れ出す。

少し羨《うらや》ましいと思った。こんな風に素直に行動できる男を。

けれど、新二も津久井といることによって何かが変わり始めている。

風呂を上がり、体を拭《ふ》き始めた脱衣所で新二は言った。

「あの日さ…あんたに話したいことがあった」

「僕に？」

「いや…よく判んねぇんだけど、話したかったのかも」

津久井は新二にタオルを被《かぶ》せた。バスローブを羽織ると、雫の落ちる頭で平気で表に出ていこうとする新二を引き止める。

大判のバスタオルに頭を包まれ、新二は打ち明けた。

「親が…入院してるらしいんだ」

「入院…？」

「あの日、電話があった。叔父って奴から。おふくろ入院してて、親父は死んだって」

左右からごしごしと頭を揺さぶる手が止まる。

「亡くなったって、そ…れはいつ？」

「三年前。俺…もう田舎には九年帰ってないんだ。つか、このまま帰るつもりもねぇんだけど…」

「どうして帰らないんです？」

「だいたい想像ついてんだろ？　ろくな親じゃねぇ。親父の暴力にゃよく泣かされたしな。そりゃあ、俺もろくな奴じゃねぇけど…田舎を出るとき俺は二度と戻らないって誓ってた。家出したんだ」

見上げれば、真剣な眼差しの男と目が合った。津久井は安易に自分に同調したりはしなかった。

「だったらなおさら戻ったほうがいい。どんな親でも、親は親です」

「…戻れ？　あれが親だって？」

大きく息をつく。津久井の言葉に、どこか底のほうへ深く沈めていたものが浮かんでくるのを感じた。

新二の心を掻き回しながら上ってくる。

「はっ、やめてくれ。あんたはあいつらを知らないから、んな綺麗事言えんだ」

「綺麗事とかそういう問題ではなく…」

「おふくろは大して悪くなかったのかもしれないな。けどな、俺が殴られても一度だって助けてくれたことはなかった。いっつも隠れて見てるだけだった。俺が殴られても、煙草押しつけられてもっ。これっ…これがなにか判るか？　親父は俺にアイロンだって投げつけやがった。骨折られてやばくなったときだって、おふくろは親父の機嫌がよくなるまで何日だって俺を放《ほう》っておいたんだっ」

新二は腰を指差した。月のような形の火傷《やけど》の痕《あと》を指差し、興奮するままに叫んだ。

一つも忘れていない。九年経《た》っても、これから何年過ぎようと、忘れた振りをしても忘れてやしない。

体に焼きついてる。傷も記憶も。

「…くそ、クソっ、なんで…なんで俺が今更、あいつらなんかのためにっ…」

新二は両手で顔を覆った。ただ記憶を吐き出すだけで息が乱れる。

荒れた呼吸に弾む新二の肩を、津久井は摑んだ。

撫で摩《さす》り、そして言った。

「その人たちのためじゃないんです。僕は…君のために一度戻ったほうがいいと思っただけです」

「俺の…」

「そう。あの朝…僕が助けた冬の朝、君が言った言葉…あのとき、僕にしがみついてこう言った」

静かな黒い眸《ひとみ》が自分を見下ろしてくる。

新二は耳を塞《ふさ》ぎたくなった。なにも知らない。男がこれから紡ぐ言葉を知りはしないのに、聞きたくなかった。

「…君は、『お母さん、助けて』って」

頭に引っかかっていたタオルが床に落ちる。新二はぶるぶると頭を振った。がくがくともげ落ちそうなほどに揺する。

「い…言わねぇ、そんなこと俺が言うわけがない」

「…聞き間違えてはいません」

「言うもんか、そんなこと！　嘘をつくな!!」

言わない、言うわけがない。

否定する頭を嘉帆《かほ》の言葉が過《よ》ぎる。

『お母さんになってあげる』

嘉帆はそう言った。その言葉の意味を、自分は考えたくなかった。何故、嘉帆はそんな風に言ったのか。深く知りたくなかった。

「逃げちゃ駄目だ。自分から目を背けては駄目です」

津久井はあの朝のように新二を抱きとめてきた。バスローブの胸に額を押しつけると、あの朝の記憶が甦《よみがえ》ってくる。

温かい。そうだ、この感触だった。酷く体が冷えていて、でもここは温かくて、とても幸福な場所を見つけたように思えた。

「このまま会わないでいるのは簡単です。でも、いつか後悔するかもしれない」

「…するもんか。この俺が後悔なんて…」

「僕は…弟に会えなくなって後悔してます。君とはまったく立場も関係も違うでしょうけど…人は本当に簡単に二度と会わない存在になれます。そして気がついたら、会わないのではなく…どうやっても会えない存在に変わってる」

そうなってからでは遅い。遅すぎたと気づいてからでは、なにかを始めることも…終えることさえもできなくなってしまう。

宙に浮いた思いを持て余したまま、ずっと後悔を覚え続けているに違いない男の言葉が、胸に痛かった。


休日を利用して新二が実家のある町を訪ねたのは、八月の頭だった。

あの日、東京《とうきょう》まで丸一日をかけて電車やバスを乗り継いだ道程は、今では四、五時間足らずだった。

拍子抜けするほどに近い。ろくな金も持たずに飛び出した十七の頃と違い、新幹線を利用したのもある。けれど、なにより距離を生み出していたのは自分自身だった。

どこか遠い場所、地球の裏側にでも飛び出したつもりになっていた。

最初に向かったのは、母親が入院している病院のある近隣の町だ。大きな店や大学もある町には新二も昔何度も行ったことがある。電話した叔父から教えられた病院の名もなんとなく知っていた。

外壁に露出した配管が古さを感じさせる総合病院だった。

「あぁ金崎さんなら、311号室。そっちの廊下の突き当たりですよ」

内科の入院病棟に入りナースセンターで尋ねると、中にいた看護師は快く新二に教えてくれた。

病棟はクーラーがあまり効いていないようで生温かい。途中、開け放しの病室に見えたのは、うちわをバタバタさせながらテレビを見たり、ランニングの肌着姿で雑誌を読み耽《ふけ》っている患者たちの姿だ。

「あの」

目的の病室に辿り着くと、新二は入口すぐのベッドに横になっている女性に声をかけた。

四人部屋のようだが、ほかのベッドには誰もいない。午後一時半だ。昼からの診察でも始まりいなくなったのかと思った。

褪《あ》せた色のパジャマに、艶《つや》のない白髪交じりの髪。ベッドに横になりテレビを見ているのが、自分の母親だとは思わなかった。

戸口の新二を見た女は、すぐに淀《よど》んだ目を零れんばかりに見開いた。

「…新二」

九年ぶりに名を呼ばれた。

移動した中庭は木陰になっていて、蟬《せみ》の声はうるさいが空気の籠った病棟内よりは過ごしやすかった。

古ぼけた木製のベンチに腰かけ、ぽつりぽつりと話をした。叔父から自分の居所が判ったのは聞いていたらしい。病院の場所を尋ねてきたから、近々来るかもしれないとも。

「でも、本当に来てくれるとは思わなかった」

視線を泳がせながら、母親は言った。

叔父から電話番号も教えてもらったが、自分がかけても嫌がられるだけだろうと、連絡はできなかったのだと。

新二は『そのとおりだ』とも、『そんなことはない』とも言ってやらなかった。

再会しても、自分からはなにを話したらいいのか判らない。父の死の詳細について教えられたが、叔父に知らされたとき以上の衝撃はなかったし、母親と一緒になって思い出話を始める気ももちろんなかった。

新二は隣を見るのを躊躇《ためら》った。

とてもまだ四十代とは思えない、老いた姿。新二が家を出た後も、体が悪くなり始めた一年半前まで町のスナックで働き続けていたそうだが、ホステスだった頃の面影はない。

いつも化粧と香水の入り交じった匂《にお》いをさせていた女は、病気のためか老化のせいかシミだらけの色の悪い肌をしており、手入れのされていない肩までの髪は老人と見紛《みまご》ったほどだ。熱気を孕《はら》んだ風が、小さな中庭を吹き抜ける。新二の金色の髪を揺らす。ピアスはまたつけなくなり、服装もダメージ加工の穿《は》き古したジーンズに半袖《はんそで》シャツ。極普通の恰好だったが、髪は時間もなくそのままにしていた。

「大きくなったのね」

新二のほうをそっと窺い、母親が言った。

「アホか、身長なんかほとんど変わってねぇよ」

「今…どうしてるの？　東京にいるんでしょう？　どうやって暮らしてるの？」

「どうって、働いてに決まってるだろ。ホストだよ、ホスト。親子揃《そろ》って水商売だな」

新二が言い捨てると、少し間を置き力ない笑いが返ってくる。

「…ふっ、本当ね。若いからって、飲みすぎてあたしみたいにならないようにね」

「ふん、病気のあんたに言われてもな」

「…それもそうね」

パジャマの膝上で合わせた手を、母親は何度か組み直した。

「弘三《こうぞう》さんにあんたのこと聞いてから、よく昔のこと思い出してたの」

「…昔？」

振り返りたくもない過去に触れられる予感に、新二は苛々《いらいら》と煙草《たばこ》を取り出した。灰皿なんて考える余裕もなく火を点《つ》ける。

心を落ち着かせてくれるという幻想だけが、拠《よ》りどころだった。

「あんたのこと、いっぱい思い出した」

隣で母親が懐かしんで微笑む。

「あんた、可愛い子だった」

「親父にはいっつも目つきが悪いって言われてたけどな」

「そんなことない。笑うとすごく可愛くて…」

「だったらなんで殴ったんだ。なんであんた、助けようとしなかった」

声が荒れる。

可愛くても意味がない。姿形を美しくしたところで、誰も自分を愛さない。見た目なんて、良くなればなるほど愚かな期待を抱かせるだけだ。醜いほうがまだ諦めもつく。

新二の言葉に母親は押し黙った。

俯く女の隣で、新二も無言になる。会話が途絶えた後の空気は重く、今日の最高気温を記録しているであろう夏の空気までもがじっとりと感じられた。

蟬の声がうるさい。

老朽化した建物の間に続く、深く青い空が眩しい。

「……新二、ごめんね」

女がぽつりと言った。新二はそちらを見ようともしなかった。

九年の間に、見る影もない別人に成り果てていた女。声だけが昔のままだった。

「新二、あたしは…あんたに何もしてやらなかった。だから、あんたもあたしには何もしなくていいのよ」

母親は、自分ととてもよく似た人間であると気がつく。

何もしないから、何も返ってこない。期待しないために、自分から可能性を捨て、努力を放棄する。そういう種類の人間だ。

結局、最後まで新二は母親の詫びには応えないままだった。別に謝ってほしくて訪ねたわけじゃない。

また来るかは判らない。そう言い残して、病院を出た。母親は寂しそうな顔を見せたが、どんな言葉をかければいいのか判らなかった。

病院を出た足で、叔父の家に向かった。

実家のある町。実家から二十分ほどの距離に叔父の家はあった。叔父と叔母の二人暮らしだが、叔母は買い物に出ていて留守だった。

待っていたとばかりに叔父に切り出されたのは、母親に貸しているという入院費用の話で、自分に戻ってきてくれと言った理由がよく判った。

「アルコール専門の病院に入院したほうがいいんだろうが遠いし、そうすっとまた金がかかるしね」

母親が『なにもしなくていい』なんて言っていたのは、叔父に会えば金の話になるのが判っていたからかもしれない。

借金の額を聞いた新二は、自分が払うと応えた。叔父は喜び、気をよくしたのか離れた場所にある父の墓まで車で連れていってくれた。別に手を合わせたくもなかったけれど、先祖代々の墓などあったのかと少し驚いてついていった。

古い墓地の中の小さな墓。いつのものか判らない茶色に朽ちた供花《くげ》が、花立てから下がっていた。

墓に父の戒名などは彫られていない。彫るにも金が要る。皆から疎まれていた父らしいと思ったけれど、叔父は手を合わせながら言った。

「あっけないもんだね。子供のときから人に迷惑ばっかかける奴だったが、こうなってみると淋しいもんだ」

新二には判らなかった。

淋しいなんて少しも思わない。生きていてほしかったとも、安らかに眠ってほしいなども。ただ死んだというだけで、すべてを許され、あの男は惜しまれる人間に変わるつもりなのか。

「…冗談じゃねぇ」

低く唸《うな》った。成り行きに手を合わせようとしていた新二は立ち上がった。墓石を蹴りつけた新二に、叔父が背後で何事か喚《わめ》いていたが聞こえてはいなかった。

冷たい石を何度も蹴った。びくともしない石。重くて自分にはどうにもできない石は、まるであの頃の父親の存在そのものだった。

「どうせなら、俺を殺せばよかったのに」

——親父。

なんで俺を苦しめたんだ。なんで俺を、愛してくれなかったんだ。

溢れる思いに飲み込まれる。溺《おぼ》れるように苦しかった。

自分には嫌いな人間がいる。

どうしてか？

何故これほど多くの嫌いな人間が存在し、腹の立つことが多いのか。

皆、すべてを持っている。自分の欲しかったただ一つのすべてを、当たり前に手にしていた。手にしていることすら、誰も気づいていなかった。

それがただ、いつも——そう、羨ましかった。

帰り道、車を走らせる叔父は無口だった。あの親にしてこの子あり。墓石を蹴った新二をろくなもんじゃないと思っているようだったが、なにも弁解はしなかった。

駅まで送ってもらい、新二は電車に乗った。

新幹線に乗車できる街の駅へと向かうローカル電車は、あの頃と同じ二輛《にりょう》編成。四人がけの青いボックスシートに新二は一人で座った。乗客は疎《まば》らだった。

川沿いを蛇行しながら電車は進む。

揺れる車内でふと振り返ると、夕焼けの空の下にあの日見た山裾《やますそ》の鉄塔が小さくなっていくのが見えた。

何故だか、涙が止まらなかった。


『そうですか、会えたのでしたらよかった』

電話の向こうの安堵した声に、男が微笑んだのが判った。

東京駅から新宿《しんじゅく》まで戻った新二は、駅を出ると携帯電話を耳に押し当て裏路地を縫うように歩いていた。もう深夜で擦れ違う人もほとんどなく、のろのろと歩いていても誰の迷惑になるでもない。

津久井は打ち合わせという名の接待らしかった。席を離れ、人気《ひとけ》を避けて話しているようだが、店のざわめきが背後に聞こえる。

「あぁ、あんたの言うとおり…会ってよかったよ」

なにも和解したわけではない。次に会いにいく約束もしていない。けれど、何かが大きく変わったのは確かだ。

体の奥にいつもずしりと沈んでいたものが流れ去ったような感覚。それはあまりにも身に馴染みすぎ、抱えていることすら忘れていたものだった。

約束はしなかったが、自分はまたあの女に会いにいくのかもしれない。そんな予感がした。

なんにせよ、津久井がいなければ自分の気は変わらなかった。

「あのな、津久井…」

『はい？』

礼を言うのは躊躇われる。礼だけならともかく、新二には男に言い足りていないことがたくさんあった。

「俺さ…」

電話では上手く言えそうもない。

「俺…今からあいつの店に行くところなんだ」

『三木乃の店？』

「あぁ、なんか腹減ったし。飲みたい気分だし。店三時までだから、まだ時間あんだろ」

『いいですね。じゃあ僕もこれから行きますよ。もう帰るところです。今銀座《ぎんざ》なんで、少し時間がかかると思いますが…』

ゆらゆらと体が揺れていた。歩みに合わせて、外灯も夜の街も揺れ、なんだかとても気分がよかった。歩いているのは一人でも、小さな電話からは、男の穏やかで心地のいい低い声が響いてくる。

声に意識を集中させる新二は、あまり周囲に気を配っていなかった。

「こっちはもうすぐ着く。じゃあ店で…待ってる」

待ってる。ただそれだけの言葉を言うのに舌が縺《もつ》れそうになる。こんな自分に本心は言えるだろうか。たぶん…津久井は知っているのだろうけれど。

とにかく、もう付き合うのに金なんていらないと言おう。

最初から必要なかったのだと。あの部屋のシェルフにあるボックスの金も返して、本当のことを——

「そんじゃ…」

電話を切る。

開いた黒い携帯電話を閉じようとして、新二の手は動かなくなった。ずしりと両肩に圧しかかってきた衝撃に、背筋を悪寒が走り抜けた。

産毛が逆立つ。ざあっと鳥肌が体に浮かんだ。

夏の熱い夜に、新二は寒さを覚えた。

「よお、久しぶり。こんなところで会うとはな」

馴《な》れ馴《な》れしく肩に回された男の太い手首には、趣味の悪い金色の時計が光っていた。

深く腹部に食い込んだ拳に、新二は体を折った。

北岡《きたおか》を含めた男は三人だった。若い男の一人は花見の夜に北岡の隣にいた男だ。もう一人は記憶にないが、なんにせよ、人をいたぶることになんの抵抗も抱かない連中だ。

「…いきなりやってくれるじゃねぇか」

腹を抱えながらも、新二はぎろりと男を睨《にら》み上げた。

路地の脇のコインパーキングだった。靴底がアスファルトに擦れる音が響くほど、裏路地も駐車場も静かで、ほかに人の気配はなかった。

「人の女のケツ追い回してっとどうなるか、テメエに思い知らせてやる」

「はっ、女一人満足させられねぇでよく言うぜ」

新二は言い返しながらも、違和感を覚えていた。

自分の体と、心に感じる微妙な歪み。三人の屈強な男に取り囲まれ、手のひらがじっとりと湿ってくる。膝が笑いそうになり、背後のワンボックスカーに背中を預けた。

――怖い。

なんなんだ、もしかして俺は怖いのか？

今までケンカを恐ろしいと感じたことはない。一方的にフクロにされた経験も少なからずあったが、結果はどうあれ恐怖に足が震えだしたり、逃げ出すようなことはなかった。

不安。心の迷いは人を弱くする。一瞬の隙に新二は殴られた。強烈な右フック。動揺を悟られまいと虚勢を張った。

鉄の味の唾《つば》を吐き捨て、新二は笑ってみせる。

「…男の嫉妬はみっともねぇもんだな。さては短小か？　そりゃ女も男買いに走るってか」

「口の減らねぇホストだな、テメエはよっ！」

一気に殴り合いの揉《も》み合いになる。分《ぶ》が悪いのは最初から判りきっていた。手にしていた携帯電話は吹っ飛び、シャツは引き破れ、誰かを数発は殴ったがその何倍も新二は殴られた。

地面に沈む。花見の夜のように、助けにくる男はいない。

転がる新二の腰を男は蹴り上げ、股間《こかん》を踏みつけた。

「二度と勃《た》たねぇようにしてやろうか？」

「……く、うっ」

「それとも、二目と見れねぇ顔になるのがいいか？」

革靴で頭を踏みにじられる。どこかで聞いたような言葉だと思った。そうだ、自分も平然と誰かに言い放った言葉だ。

「はっ、それがいいな。女も寄りつかねぇバケモンにしてやらぁ！」

顔を狙《ねら》え。男は野太い声で何度もそう言った。誰が自分を蹴りつけているのか、あるいは拳を振り下ろされているのか、判別はつかなかった。新二は両腕で頭を抱き、小さく丸まろうとするだけで精一杯だった。

ただ嵐が過ぎ去るのを待つ。

熱い。痛みさえ、感じ取れない。顔面を庇《かば》った腕がメキと嫌な音を立てる。

不意に暴行が収まったかと思うと、誰かが新二の金髪を鷲掴《わしづか》みにし顔を引き起こした。

「うぁっ」

両脇から後ろ手に回された腕に激痛が走る。新二は悲鳴を上げた。折れているに違いなかった。

頭上を仰ぐと、北岡がにやけた顔で自分を見下ろしていた。男は膨らんだスラックスのポケットから何かを取り出す。

バタフライナイフだった。

しゃがみ込み、眼前に翳《かざ》す。男はすぐに開こうとはせず、見せつけるように閉じたナイフの柄で新二の顔をなぞり、これからすることを教えた。

「残念、可哀相に。ホストは廃業だな」

冷たい金属の柄は額から鼻筋の脇を辿り、薄い唇の隆起を押し潰《つぶ》しながら真一文字に顎まで通った。

冴《さ》えた光が現れる。手慣れた仕草に飛び出した刃先が外灯を反射し、夜の闇《やみ》に振り翳され
る。

ああ。

夢の光景が頭を過ぎった。

自分は、ここで死ぬのかもしれない。

――そう思ったとき、声が聞こえた。

「そこっ、何をやってるんだっ⁉」

叫び声が路地の先から響いてくる。

「き、北岡さん！」

ヤバイと口々に騒ぐ男たちの声。近づく足音に、『警官だ』と口走る声も入り交じる。

放り出され、新二はアスファルトに崩れ落ちた。男たちが駆ける足音が遠退《とおの》いていく。

「き、君大丈夫か⁉ ま、待てっ、おまえらっ…」

制服の足が見えた。警官の顔は見なかった。新二がうめきながらも頷くと、その男も北岡
たちを追いかけて走り去っていった。

警官は一人だったらしい。けれど、すぐに戻ってくるだろう。駐車場の入口に取り残され
た新二は、フェンスにしがみついて身を起こそうと、ずるずるとアスファルトを這いずった。

酷く痛む体が悲鳴を上げる。上手く起き上がれずに、摑んだ入口脇のフェンスをガシャガ

シャと鳴らし続けた。通行人が来た。見えたのはスカートから伸びた女の足。驚いて足を止めるが、関《かか》わり合うのを避けて行き過ぎようとする。

新二は力尽きたように地面に伸びた。

仰いだ真っ暗な空、真夜中の都会の空には僅かばかりの星がぽつぽつと光っている。気温二十五度を下らない熱帯夜、何故だか新二は降りしきる雪を思い出した。

「だ…大丈夫ですか？」

あの冬の朝。津久井と同じ言葉が注がれた。ローファーを履いた細い足は、数歩歩いたところで思い直し戻ってきた。女はアスファルトに転がる自分を見捨てることなく手を差し出してきた。

小さな手を新二は取った。のそりと身を起こす。

「あ…」

信じられない偶然が起こった。女の顔は、あろうことか新二のよく知る顔だった。

茉莉《まり》――

店に借金を残し、逃げた女の姿がそこにあった。

長かったはずの髪は短くなり、華やかだったはずの服装も人目を忍ぶように地味になっていたけれど、間違いない。

「おまえ…」

外灯に照らし出された新二の顔に、女も目を瞠《みは》る。ぼろぼろの有り様でも新二と判ったようだ。

「は…放して」

「…おまえ、なんでこんなとこに」

「放してよっ。逃げたんじゃない、あたし逃げたんじゃないからっ」

狂ったように腕を振り払う。茉莉は明らかに自分を恐れていた。地面に転がり、傷つき無抵抗でいる新二を引き攣る表情で見下ろす。

逃げたら承知しないと言った。女の髪に火を近づけ、金を返さないなら風俗に沈めると脅した。女の心の奥深くへ、新二は恐怖を植えつけていた。

「な…にもしねぇ。もういい。払いのことはいい」

「やめて、近づかないで！」

言葉は届かない。新二の発する声はすべて一音残らず恐ろしい恫喝《どうかつ》であるかのように、茉莉は両手で耳を塞いだ。

小さなバッグがその手を離れる。

新二は手を伸ばした。目の前に落下してきたそれを拾い、ただ渡してやろうとしただけだった。

女は悲鳴を上げた。身じろいだ新二に驚き、足元に転がっていたものを拾い上げた。

「茉莉っ」

光るバタフライナイフ。北岡の落としていった刃物を両手で握りしめ、女はがくがくと膝も腕も全身を震わせる。突きつけられたナイフは激しく左右に揺れ、光を躍らせた。

「かえ、返して、逃げたんじゃないっ！」

「わ、判ったから、落ち着…」

腕を伝う濡れた感触に、新二はどうしたのかと思った。

真っ赤に染まっていく腕。鋭い刃物の先は、掠めただけで皮膚を裂いた。

「わ…」

人の体は、驚くほどに脆《もろ》い。

「あた…あたし逃げてないっ」

切りつけてくる女の形相が怖かった。

新二は怯えていた。

弱くなってしまった自分。強くいられたのは、大切なものなど何一つなかったからだ。自分すらどうでもいいと思えていたから、何も怖くはなかった。けれど、今は違う。痛みが怖い。死ぬのが堪らなく恐ろしい。

「……てくれ」

流れ出していく自らの命の証《あかし》、奪われていく熱。夢で見た光景が広がっていく。

どこかでメロディが鳴り響いている。

遠くで軽妙な音楽を奏でる携帯電話を新二は目にした。緑の着信ランプが、転がった暗いアスファルトの先でぼうっと点滅している。

一人の男の顔が頭を過ぎる。

死にたくない。死にたくない。まだ、生きていたい。

「…やめっ、やめてくれっ！」

新二は女の足元に蹲《うずくま》った。ナイフを振り下ろす女の足に無様に取り縋《すが》って懇願した。

「た、頼む、助けてくれ。俺を……殺さないでくれ」

それは生まれて初めて感じた、生きることへの渇望かもしれなかった。

◇　◇　◇

夢を見た。

崖《がけ》の上に立っていた。

切り立った断崖《だんがい》、荒涼とした土色に広がる景色。けれど、空は底抜けに青く明るかった。

崖下から吹き上げる乾いた空気が体を撫で、上昇気流となって太陽の元へと昇っていく。空の高みではトンビが翼を伸ばし、大空へ誘《いざな》うようにゆったりと円を描いて飛んでいた。

崖の先端で両腕を広げる。胸を反らせ、果てしなく自由な世界へとダイブするように。

けれど、飛び出すことは叶わない。

もう――空は飛べない。

新二はそれを知っていた。


布団の上できゅっと手を縮ませると、なにか大きなものが自分の手を包んでいるのに気がついた。

「…なんだ、来てたのか」

目を開けると、病室のベッドの脇にスーツ姿の男。眼鏡をかけた黒髪の男が座り、自分を心配げに見つめている。

「起こしてしまいましたね、すみません」

もう新二が入院して六日が経つ。

左肺損傷、肋骨《ろっこつ》骨折に肝臓挫傷《かんぞうざしょう》。折れたと思った左腕のほうがヒビですんでいた。

肋骨は何度もやったことがある。すぐに帰宅かせいぜい一週間程度の入院と思っていたのに、肺の損傷が酷く、検査の結果肝臓にも挫傷があるのが判り、一気に長期入院を告げられた。主な治療法は、安静にする。退屈極まりない。

左肺は挫傷だけではなかった。

背中の刺し傷が肺まで達していた。入院当初は呼吸をするのも困難なほどだった。背中や腕、複数箇所に及ぶ刺し傷について、新二は警察にも誰にも真実を告げなかった。

『絡んできた奴らの仲間が後から来た』

警察はそれで納得したし、絡まれたのも見ず知らずの男たちだと証言した。北岡たちが捕まらない限り、疑惑を抱かれることもないだろう。

『逃げろ』

薄れゆく意識の中で、新二は女に言った。

あの女は鏡。自分の罪を反射する鏡。追い詰め、狂気に駆り立てたのは自分だった。

「辛気臭《くせ》え顔だな」

もう一週間近くが過ぎ、命に別状があるわけでもないのに、津久井の表情は最初に病院で見たのと変わりない。すなわち、動揺と不安、浮かない顔だ。

「仕事は？　まだ午前中だろ」

握られていた手をそっと解き、新二は首を捩ってベッドの脇の時計を見る。

午前十時だった。昼夜逆転の生活に馴染みきった体に、消灯時間の早い入院生活は苦痛以外の何物でもない。夜は眠れず、未《いま》だに明け方から主に午前中…回診や昼飯で起こされるまでをとろとろと眠り続ける日々。

「昨日、竣工《しゅんこう》検査で不具合が見つかって…もうオープンが迫ってる店だったので、そのまま補修に入って朝方まで立ち会ったんです。なので午前中の予定はずらすことにしました」

「…だったらさっさと帰って寝ろよ」

顔色が悪い。徹夜明けだけが理由でもないだろう。

津久井は度々病院に訪れる。毎日欠かさないどころか、日に何度も来たりする。いくら自由業とはいえ、休日でもないのに昼の時間を潰したのでは、その分皺《しわ》寄せは夜にきているに違いない。度々来なくていいと言っても、このとおりだ。

「どこに行くんですか？」

もぞりと起き上がった新二に、津久井は手を貸してくる。

「煙草。切れてっし、買いにいかねぇと」

買ったところで自由には吸えないが。

病棟内で吸える場所は当然限られており、一人部屋だからといって喫煙可になるはずもない。新二が中高生のように看護師の目を盗んで吸わないでいるかといえば、それもまた無理な話だけれど。

「金崎くん…肺に傷があるうちぐらい禁煙することはできないんですか？」

「どう思う？」

「…まぁ、できないんでしょうけど」

津久井は溜《た》め息をつく。判ってはいるが、言わずにはおれなかったというところか。

「いっ…」

足を下ろす新二は顔を歪めた。シャツの下は胸郭《きょうかく》が動かないようバストバンドで固定されているが、それでも体を動かすと痛みが走る。

「大丈夫ですか？」

「あぁ、なんてことねぇ」

ベッドの縁についた腕を男はじっと見る。

縫合された切創《せっそう》、腕のギプス。今までも、津久井は幾度となく物言いたげな顔をしていた。

「金崎くん、ずっと気になってたんですが…相手が判らないというのは本当ですか？　あのときのヤクザが関係してるんじゃないですか？」

「…知…らねぇ、俺が嘘ついてどうするよ」

一瞬の返事の遅れが、男の疑惑を肯定する。

「どうして警察に言わないんです？　あの人たちを庇う必要なんて君にないはずです。それに、その刺し傷…遅れてきた仲間ってどんな人です？　君は誰か庇ってるんじゃ…」

「関係ないだろ、あんたには！」

突然叫んだ新二に、津久井が言葉を失う。小さな個室に声はやけに大きく響き、自分でも驚いた。

「い、いいんだよ。この傷は俺が自分でやったようなもんだから。俺の…責任でもあるんだ」

声を落ち着かせる。たぶん意味の通らないであろう新二の説明に、津久井はそれ以上追及はしなかった。

「…君がそう言うなら、どういう事情か今は聞きません。でも…再び襲われる可能性があるのなら話は別です」

「たぶんそれはねぇ」

茉莉はもう自分に近づかないだろうし、北岡たちは、まさか自分が知らぬ存ぜぬですませてるなんて思いも寄らないだろう。警察に追われているものと警戒しているはずだ。

「そう…ですか。金崎くん…あの晩のこと、後悔してます。悔やんでも悔やみきれない。もっと早くに行けば、君を助けることだってできたかもしれないのに…」

「…ふん、どうやって五分やそこいらで来るんだよ。どこでもドアでも持ってんのか、てめぇは」

鼻で笑い飛ばしたが、男は笑おうとしなかった。自分の責任だとでもいうようだ。

「ですが一分でも早く着いていれば…」

「あんた、俺をバカにしてんのか？　舐《な》めんな、俺はガキでも女でもねぇ。なんであんたに庇われなきゃならない」

「…すみません。そうじゃない、僕はただ…自分のために君を助けたかったと思ってしまうんですよ。これはどうしようもない」

腫れは引いたがまだ変色の残る頰に、津久井の指の背が触れる。長い指。少しひんやりしていて心地いい。

「言ったでしょう？　気持ちは変わってない。君が好きだから…どうしてもそう思ってしまうんです。大事な人なら、きっとみんなそうだ。単なるエゴですけどね」

睨みつけたいのに、不快でないから困る。傷痕を摩る指に、まるでうっとりとでもするかのように目を閉じてしまいそうになる。

駄目だ。こんなものは自分ではない。

守られ、優しくされ弱くなる。

自分が大切なものに思え、他人が大切になり、失うことに怯える。

茉莉に刺されたとき怖かった。脆くなっていく自分を知り、堪らなく不安だった。

新二は津久井の手を取った。

自分を癒《いや》す手を、振り払う。

「あんたさ、もう来るなよ」

「え…」

「失《う》せろ。もうヤなんだよ。俺は別にあんたなんかなんとも思ってねぇ。だいたい最初から嫌いだった」

相手を傷つけ、失望させる言葉ならいくらでも思い浮かぶ。自分はずっとそういう人間だった。

新二は言い捨て、返ってきた男の言葉に心臓を鷲掴みにされたように感じた。

「僕を嫌いだと言っておかないと、君は怖いですか？」

「な…」

「君はとても臆病《おくびょう》な人だ。なんでも否定することで自分を保ってる」

冷えた心臓を揉みくちゃにされる。新二はなにも返せなかった。穏やかなようでいて揺るがないレンズ越しの眼差しから、目を背ける。

どのくらいそうしていたのか。

ベッドからだらりと下ろした、まだスリッパも履かない自分の足先を見つめていると、影が動いた。小さな丸椅子《まるいす》に腰かけていた男は立ち上がり、新二の前を過ぎる。

どこへ行くのかと思った。

なんの言葉もなしに、ふらりと津久井は病室を出ていった。

なにが起こったんだと閉じられたドアを見つめる新二は、あまりに混乱していた。

自分が失せろと言ったから、失せた。津久井はいなくなった。それだけのことが理解できない。また同じことを繰り返し、そして——今度は本当に津久井は目の前から消えた。

それだけだ。

「あ…なんだ、行っ…たのか」

磨《す》りガラスさえついていない簡素なドアを見据え続け、新二は呟く。元通り、裸足《はだし》の足先に視線を戻した。ふっと息をつき、顔に手を当てる。撫で下ろした顔に、以前は指先にいくつも触れた金属の冷たさはない。

自分はまたピアスをするのだろうか。

もうつけることはない気がした。

もう、以前の自分はいない。

新二はゆらと立ち上がった。スリッパを履こうとして、冷えた足先が滑って上手く通らない。片足だけ履いたスリッパで、新二は病室を飛び出した。

ペタペタともパタパタともつかない、左右の揃わない足音をさせながら、廊下を走り出した。男の姿はない。ナースセンターを過ぎ、エレベーターの前に立つ。

「金崎さん？　どうしました…」

血相を変えた自分に声をかけてきた看護師を無視し、新二は階段に向かった。

胸が苦しい。歩くだけでも痛む肺は、走れば激痛を伴い、階段には悲鳴を上げる。それでも新二は足を止めるわけにはいかなかった。

速く。もっと速く。

今、判った。

もう戻れない。たとえ津久井と別れても、もう元の自分にはなれやしない。弱くても、怖くても、それで生きていくしかない。人は、空なんて飛べやしない――それが、人として生きるということ。

もうずっと以前に自分はそれを選びとってしまったのだ。

飛び出した一階ロビーにも、津久井の姿は見当たらなかった。新二は人の多い総合病院の待合ロビーを足早に過ぎった。

「……すっ…」

正面玄関に急ぐ。タクシーに乗ってしまったのかもしれない。

「…ふみっ…康文っ！」

もう間に合わないのだろうか。もう、取り返しはつかないというのか。

新二は必死だった。

「康文っ!!」

周囲が振り返るのも構わず、金切り声で叫びながら自動ドアを目指す。ドアの先は白い日差しに覆われている。避け続けた光の世界。新二は飛び込むのももう厭《いと》わなかった。

「金…崎くん？」

声に足を止めた。脇からかけられた声に目を向けると、入口脇の売店に背の高いスーツの男が呆然《ぼうぜん》と立っていた。

「あ…」

新二は驚き、津久井は駆け寄ってくる。

「帰っ…たんじゃないのか？」

「君が欲しがってたから、煙草を買いに出たんです」

いつも吸っている銘柄のボックス煙草。手渡されて自分の勘違いを知る。

「か、金崎くん、走ったりして大丈夫なんですか？」

もう逃げられないと思った。今、この姿だけで男にすべてを知られてしまった。落とした視線の先は片足だけのスリッパで、激しく喘いだ胸は治まりようもない。

「金…崎くん？」

新二は煙草の箱を握る手を震わせる。こんなものはいらないと床に打ち捨てた。

「あ、あんたの…言うとおりだ」

痛む胸を抱え、蹲る。焦った津久井が跪《ひざまず》いてきた。驚いた近くの看護師が、何事か言いながら走ってくる足音も聞こえた。

けれど構わず、新二は言った。

「……そうだよ、俺はあんたが怖い。あんたが好きだから…怖くて、堪らなくなったんだ」

「金崎さん、走るなんて一体どういうつもりなんですか？　もうホントにあなたときたら消灯時間は守らないし、病室で喫煙するし。隠れて吸ったって、私たちにはバレバレ…」

津久井と一緒に肩を貸し、病室まで連れてきてくれた看護師は、ここぞとばかり小言を並べ始めた。けれど、途中で途切れた。

新二が殊勝になって頭を下げたからでも、凄《すご》みを利かせて追い払ったからでもない。

「え…」

ベッドに横になるはずの新二が、端に座った男の腰にしがみついたからだ。男の腹の辺りに顔を埋め、腰に両腕を巻きつけて取り組る。その光景は、誰の目にも普通ではない。

彼女は言葉もなく出ていった。

「かね……新二」

いつも落ち着いた男の声が、少しだけ上擦っている。頭に触れた手のひらの感触に、新二はくぐもる声を上げた。

「本当は…あんた、俺を置いていくつもりだったんじゃないのか？」

「売店に行っただけです。少し…自分も頭を冷やしたほうがいいかとは思いましたが」

「……さない。俺を、捨てるなんて絶対に許さない」

消えろと言っておきながら、捨てるなと言う。

身勝手なことを言うと思った。声が震えるのが疎ましかった。男がそれに応えるように髪を撫でてくるのが悔しくて――そして、嬉しかった。

新二は腹に顔を押し当てたまま呟《つぶや》く。

「金…」

「…え？」

肩が弾む。まだ呼吸が苦しいのは、肺を痛めつけたからかもしれないし、男の硬い腹に鼻先を押しつけすぎているからかもしれない。

ただ、打ち明けることが自分には苦痛なだけなのかも。

熱く、重い息を津久井のワイシャツの腹に吐きつける。

「…金のこと、あれはデタラメだった。本当は金なんかどうでもよかったんだ。ただ…あんたと寝るのに俺には理由が必要だった」

「判ってます」

「他の男も…いねぇ。あ、新しい男と寝たなんて嘘だ。男なんて…あんただけで」

「たぶん…そうだろうと思ってました。最初は動揺して信じてしまいましたが」

嘘でも、少しぐらい驚いてみせてもいいだろうに。

「…ふん、あんたはなんっ…でもお見通しなんだな。俺の気持ちなんて、手のひ…らにでものっけ、て転がしてるみてぇか」

「そんなことはない」

敵《かな》わない、そう思いかけたときだ。苦しげに息を乱し、肩を小刻みに弾ませる新二の頭や背中をゆるゆると撫で摩りながら津久井は言った。

「君のおかげです」

「え…」

「君があんまり捻くれてるから、自分に都合の悪いことは全部君の嘘に思える」

背中に下りていた手が、項の辺りまで戻る。根元の少し黒くなり始めた髪を柔らかく搔き上げ、何度も梳《す》きながら問う。

「胸、まだ痛みますか？」

新二は首を振った。

「だったら頭を上げてください」

もどかしそうな声を無視する。男を困らせているのは判っていた。けれど、一度落とした顔は戻せなかった。そこは居心地もよく、そして逃げ場所でもある。

「新二」

やんわりと、そのくせ逆らえない声で名を呼ばれ、新二はびくりと肩を震わせた。まるで引力だ。なにか力を持ったように津久井の声は新二を引き寄せる。

きっと男は知っていた。シャツの違和感に気がついていただろうし、新二が顔を起こしたがらない理由も察していた。

嫌な男だ。最初から、嫌だった。のほほんとしたキリンのような振りして、空の高いところからすべてを見渡してしまう男だ。

「…くそ」

その二文字が聞こえていたとしても、津久井なら気を悪くしないだろう。

どのみち、次の言葉で帳消しになる。

「…好きだ。テメエが好きなんだよ、チクショウ」

余計な返事を言わせないために、新二は唇を塞いだ。身を伸ばして押しつけた濡れた唇は、少し塩の味がした。

柔らかな唇を押しつけ合う。遮る金属はない。邪魔な男の眼鏡も取り払えば、すぐに口づけは深くなった。

唇を開く。柔らかな体の内のものも触れ合わせる。忙しなく舌を擦り合わせた。もっと深い口づけが欲しくて、男の口腔に舌を捻《ね》じ込ませると、根元から引き攣れそうなほど吸い上げられて、体がびくびく撓った。

津久井の黒髪にしがみつき、頭を両腕で挟み込むように捉《とら》え、貪《むさぼ》るような口づけを交わした。

「ん…んっ…」

キスだけでイってしまいそうだ。どんな刺激的な遊びも敵わない。欲しい男とするキスは、堪らない幸福だった。

「さっきの…」

「え…？」

津久井が額を押し合わせてきた。鼻先を擦りつけられ、濡れた舌で唇をなぞられると、ぞくりと背筋を甘やかなものが駆け抜ける。

悔し紛れに、男の上唇に歯を立てた。

つい今しがた揉みくちゃにされたはずの心臓は、とくとくと音を立て新二を温かくしている。

背中に回した腕で抱き寄せながら、津久井が言った。

「見られたの…ナースセンターで持ちきりの話になるかもしれませんね。ゲイなのは上手く隠さないとやばいんじゃなかったですか?」

「…そんなもん、知るか。それくらい我慢しろ…俺のためだ」

新二の言葉に、男は微笑んだ。

ただ一言、応えた。

「はい、そうします」


入院三十六日目、待ちに待った日が迫っていた。

明日はようやくの退院だ。医者の一言で決まってからというもの、そわそわと落ち着きのなかった新二だが、思いがけない知らせに一気に難しい顔になった。

「聞いてねぇな」

退院が延びたとか、ようやくくっついた骨がまた離れたとかの怪我《けが》の事情ではない。

「え、てっきり新二さんは知ってるんだとばっかり…」

『K』が来月で閉店する。新二にそれを知らせたのは、夕方見舞いにきた仲川だ。

店長以下、マネージャーも含め、よほど反りの合わない者以外は見舞いには訪れていたが、それも最初のうちだけ。今も定期的に顔を見せてくれているのは、店の関係者では仲川と情に厚い馴染み客の数人ぐらいだ。

「ま、こんなとこで隠居みたいな暮らししてたんじゃ忘れられてもしゃあないさ。それどころじゃないんだろ」

実際、大変な騒ぎらしい。例の容疑の捜査の手が、とうとう店のトップにまで及んだ。先に捕まった従業員の証言で、店長まで手が後ろに回ってしまったというのだから、店の混乱は窺える。

雇われ店長なのだから、クビ切りで頭を挿《す》げ替えるのは簡単だ。けれど、系列店まで巻き添えを食ってイメージを落としてはと、『K』は閉店が決まったらしい。

「新二は敵ばっかつくってるから教えてもらえないのよ。いざというときに人望のあるなしは知れるってもんね」

憎たらしい口をきいたのは嘉帆だ。見舞いには二人揃ってやってきた。嘉帆は仕事帰りで、仲川はたぶんこれから店に行くところだろう。夕飯どきだった新二は、ベッドの上で胡座《あぐら》をかき、トレーの皿のフライ魚を突きながら言い返す。

「嘉帆、おまえの『いざ』はどうなんだろうな?」

「ふん、人が大挙して押し寄せてくるに決まってるでしょ。っていうか新二、退院するの知らなかったんだけど? ちゃんと知らせてよね。見舞いにきてベッド空だったら間抜けじゃない」

「今夜メールでもするかと思ってたんだよ」

「もう。ちょっと待ってて、メロン切ってきてあげるから」

見舞いにメロンとは、意外に正統派な女だ。

流しのある給湯室へ嘉帆は出ていき、仲川と二人になった。二人といっても同室のベッドには同じく食事中の入院患者が何人もいるけれど。個室が与えられたのは最初のうちだけで、すぐに六人部屋に放り込まれ、それも新二が退院の待ち遠しい理由の一つだ。

「教えにきてくれてサンキューな」

べちゃりとしたやたら水気の多い白ご飯を咀嚼《そしゃく》しながら言う。

殴りつけ、理不尽な目に遭わせたにも関《かか》わらず、こうして店で一番多く見舞いにきてくれているのは仲川だ。一時は自分を避けながらも、入院となれば元のように接して手を貸してくれた。店の近況報告、客へのフォロー。どういうフォローをしたのか、怒らせた客もいるようだけれど、感謝はしている。

「新二さん、どうしますか?」

「あ？　どうって、『K』を辞めてどうするかって？　急に聞かれてもな…今知って驚いてんだし」

「系列店に行きます？　まぁ新二さんなら顔広いし、客も持ってるから、どこでも入れてもらえそうっすね」

ベッドの脇で、座った丸椅子を落ち着きなく揺らす男は、突然漫画のように手を叩《たた》いた。

「あ、そうそう！　そういえば、こないだ渋谷《しぶや》で一夜《かずや》さん見ましたよ」

一瞬誰のことかと思った。

「一夜って…白坂《しらさか》か？」

「しらさか？」

「今井《いまい》一夜だよ。名前なんてどうでもいい。あいつを見たって…どこで？」

「だから渋谷っすよ。ほら、あの人やったら綺麗な顔してるから目立つでしょ。間違いないです。あぁ、けどハチ公んとこでメッチャ人多かったからなぁ」

「どっちだよ」

新二は苦笑する。どのみち見間違いだろうと思った。母親の見舞いにいった際に田舎でばったり出くわすような偶然はなかったけれど、今頃あいつは黒石《くろいし》と田舎の空の下のはずだ。

「うーん、声かければよかったんすけど、俺も急いでて…こないだやっとついた客と同伴だったんです。でも待ち合わせでなんか機嫌悪くなっちゃって…なんでこんなとこで待たせんのよって。俺時間どおりに行ったのに…」

まったく訳が判らないといった顔で、仲川は首を捻っている。

男がしょんぼりと大きな体を丸める姿を、新二はじっと見つめ、そして口を開いた。

「ナオ、悪いことは言わない。おまえはホストを辞めろ」

「え？　えぇっ、なんでですか⁉」

「俺からの忠告だ。おまえは顔がいいから今はどうにかなるかもしれない。でも五年、十年経って、顔で勝負できなくなったときに間違いなく苦労する。そのときになって転職したいと思っても遅いからな」

「そ、そんなぁ…」

「まぁおまえの人生だ。あとは自分で考えろ」

仲川は判ったような判らないような顔をしている。

新二にはもう一つ、言っておくべきことがあった。

「ナオ、前に殴って悪かったな」

「へ…?」

「トイレでおまえを殴ったろう? あのときおまえ、俺を心配してくれたのに悪かったよ」

「え…えっと、それってどの話っすか? なんか新二さんにはしょっちゅう殴られてたから、どれのことだか…」

頭を掻く男に驚いた。

そうか、空気が読めないのは、空気が悪くなったのを覚えていられないからなのか。そりゃあいつまで経っても成長しないはずだ。一旦《いったん》は自分を避けながらもこうして戻ってきたのも、もしかすると単にうやむやになってしまったのかもしれない。

呆れたところへ、珍妙な音がする。

ぐう。仲川の腹の鳴る音だった。体まで間が悪い。新二はぷっと噴き出した。

「なんだ、おまえ腹が減ってんのか？」

「あ…えっと、ハイ」

「ほら、食え。ここの飯いまいちなんだけどな、このサーモンフライのタルタルソースだけは結構いける」

トレーのフライを三分の一ほど分け、有無を言わさず箸《はし》で口に押し込んでやる。

「あ…ありがとうございまふ。んぐ」

「…ん？　おまえなに顔赤くしてんだ？　気色わりぃな」

「い、いやその、新二さんに優しくされるの慣れてないもんで…」

覗き込めば覗き込むほど赤くなる。不思議がって見ていると、嘉帆の声がした。

「なぁに男二人で見つめ合ってんの、気色悪いわね」

三つの紙皿に分けたメロンを手渡してくる。

「ふっ、まさか長年のホスト生活で女はもう懲《こ》り懲《ご》り？　ね…今日はあの人は来ないの？」

ベッドサイドのテーブルの引き出しからフォークを取り出しながら、嘉帆は言った。

勝手知ったる病室。嘉帆はもう三度見舞いにきてくれている。その前の二度とも、津久井と鉢合わせていた。新二とはあまりに接点の薄そうなスーツ姿の男に、どうやら最初は隣のベッドの見舞い客と思ったらしい。

「…ね、訊《き》いておきたかったんだけど…私はお母さん引退ってことだよね？」

ベッドの縁に腰をかけ、嘉帆は言った。

勘は鋭い女だ。新二も意味を察し、誤魔化《ごまか》す必要もない気がして応えた。

「あぁ…そうだな」

「なんか…いろいろと複雑な気分。いや、絶世の美女とかでもそれはそれで複雑なんだけど」

勘の鈍い男が、メロンを食べながら二人の間に割り入ってくる。

「なんの話っすか？　お母さんって？」

「いいのいいの、あんたには関係ないことよ」

「ちょっと、嘉帆さん。今までいろいろ教えたのにそれはないっすよ！」

「…なんだおまえ、嘉帆のパシリか。つか、あれか？　俺の噂の出所って、全部コイツか？」

口の軽いヘルプは使うもんじゃない。新二は苦笑いながらメロンを口にした。


駅傍の広場は往来も激しく、混雑していた。

「ありがとうございます、すみません」

振り返り、手渡したスカーフを受け取った女は、すぐに顔を綻《ほころ》ばせて言う。

はにかんだ女は、軽く頭を下げると少しばかり頬を染めつつ去っていった。

目の前で落とされたスカーフ。通りすがりの女に手渡した新二は、元のベンチに腰を落とす。

退院当日の夕暮れ時、新二は待ち合わせをしていた。『今日に限って外せない仕事なんです』と、電話口でどこか拗ねたような声を出していた男が来るのを待っていた。まぁたしかに日曜に仕事が入ったのはツイてないかもしれないが、新二としては遅い時間の約束でちょうどよかった。

退院は午前中だった。久しぶりの家へは荷物を置くためだけに帰り、午後は髪を切りにいった。伸びが早いおかげで、どことなく纏《まと》まりが悪くなっていたし、なにより根元だけが黒くなりすぎて不恰好だった。

髪は黒にした。久しぶりの街でつい浮かれ、帰りには服を購入した。九月の下旬、新二が病院で過ごす間にもう街はすっかり秋色だった。

カットソーにジャケット、ローライズのスリムデニムを買った。色もブラック寄りでタイトなシルエットにしたはいいが、着てみると意外に暑苦しい。

脱いでしまうか。そもそも、新品の服で待ち合わせしたのでは、妙に気合いでも入っているみたいではないか。

ジャケットに手をかけ迷っていると、雑踏の中でもすぐに確認できる背の高い男が足早に近づいてくる。

「すみません、遅れましたか？」

新二が十五分も早く来ているとは思いも寄らないようだ。

「いや、まだ時間前だ。ちょっと早く着いたんでな」

「そうなんですか？　待たせてすみません…あ、そうだ。退院おめでとう」

「…どうも。改まって言われんのもなんだな」

妙な気分だ。新二が立ち上がると、津久井はスーツの袖《そで》から覗く時計を見た。

「あぁ、ちょっとまだ時間が早いですね。そこのバー、オープンは七時なんです」

今日は退院祝いに飲みにいく約束だった。

「あんたがデザインした店だっけ？」

「今年の春にオープンした店です。オープンしてすぐに行って以来なんですけど…結構評判いいらしくて、繁盛してると聞いてます」

「ふうん、そりゃあよかったな。あんたも鼻高々じゃねぇか」

バーというのは普通の飲食店以上に店そのものの雰囲気が大事だろう。店舗デザイナーにとっては腕の揮《ふる》い所に違いない。

津久井は照れ臭げに目を細める。

「さぁ、どうでしょうね。オーナー目当ての客かもしれないし。若いオーナーですよ。かなりのハンサムで…そうだ、彼も元はホストですよ。ちょっと無愛想なんで、最初はホストって言われてもピンとこなかったんですけどね」

「無愛想なホスト？　ホストじゃ食えなくて転向したんじゃないのか？」

「人づてにはかなり売れてたって聞いてますけど…あぁそうだ、君に最初に会った日…あの朝も彼に会ったんです。引退前でお客さんとの付き合いが忙しくて時間が取れないとか言われて…たしか朝の六時半に、歌舞伎町《かぶきちょう》の喫茶店で図面の確認を…」

「朝の六時半!?　朝っぱらから仕事熱心だな、あんたも。けどまぁ…」

敢《あ》えて触れるまいと言葉を飲んだにもかかわらず、しれっとした顔をして津久井は恥ずかしいことを大真面目《おおまじめ》に言う。

「それで君とは出会えたんですし、彼には御礼でも言わなきゃならないですね」

やっぱり天然だ。本当に言いかねない気がして、新二はねめつける。

「冗談はやめてくれ。そろそろ行くか？　結構楽しみになってきた。久しぶりに酒が飲めんだからな」

禁煙禁酒。新二は煙草をやめた。酒のほうはやめたつもりはないが、病院暮らしでは必然的に飲めなくなった。こんなに健康的な暮らしは正直未成年の頃にもなかったことだ。中学に上がったばかりの頃以来か。

「ホントに嬉しそうですね。でも飲みすぎはやめてください。僕なりに…この後の予定があるんで…」

「なんだ、夜中に仕事か？　また検査でどっか不具合でも見つかったとかか？」

てっきり朝まで過ごすものと思っていた。

気落ちしたのが顔に出そうになって困る。

「いや、違いますよ。こんな恰好見せつけられて今夜おあずけでは困るんで…」

ふっと伸びてきた男の手が、服に触れた。

人目は多い。広場は駅から大通りを繋ぐコンコースでもある。こんな人の往来でなにをするんだと怒り出そうにも、津久井は特別なにをしたわけでもなかった。

ただ、テーラードの襟から中ほどのボタンの辺りまで、ジャケットの縁をすっと指で掠《かす》めただけだった。指の背で辿られただけ。

突っ立った体を、じわと甘い痺《しび》れのようなものが駆け下りる。足先から抜けてくれればいいが、腰の辺りに停滞するから困る。

禁煙禁酒、プラス禁欲だった。もうずっとしてない。個室の頃には我慢できずに触り合ったりしたこともあるけれど、すぐに六人部屋に放り込まれたせいでそれもままならなくなった。

くそ、余計なことを思い出した。

「新二…そんな顔されたら、これからの予定もどうでもよくなってしまいます」

「あ…んたが退院祝いに飲みにいこうって言ったんじゃねぇか」

「…変な見栄を張るんじゃありませんでした。最初っから家に連れ込んで押し倒すべきだった」

本気で余裕のなさそうな顔をされ、新二は思わず笑う。一見、とてもそんな風に考えてるとは見えない男なだけに可笑《おか》しい。

「まぁ、とりあえず一杯飲もう。言っとくけど…その後もあんまムチャはしねぇからな。俺は明日行くところがあるんだ」

「行くところ？」

「あぁ、学校にさ、行ってみようと思って」

「学校ですか？　それは通ってた中学とか高…」

「違う違う。懐かしみにいくんじゃなくて、これから通うんだよ」

津久井は事情の飲み込めない顔をしている。

「ま、ホント今更なんだけどな。俺、高校行ってねぇんだよ。結構それ引っかかってたし、まぁもし今から行くとしても定時制な。結構いろんな年の奴が行ってるみたいだし、とりあえず見学でもってな」

来週からまた『K』には戻ることになったが、閉店後の自分を考えてみた。ホストを続けるのは簡単だ。けれど、将来自分の店を持ちたいわけでもない。ナオに偉そうなことを言ったが、自分だって一流になり得るホストではない。燻《くすぶ》り続けた中卒の負い目を晴らすいいきっかけでもある。

「なるほど、そういう事情ですか。僕は学歴がすべてだとは思いませんが…あって困るものではありませんね」

「ま、問題は俺の学力で入れんのかっていう…」

新二はふと津久井の背後に目を留めた。

話している間に、また少し日は陰り、辺りは本格的な夜に包まれようとしている。街灯やビルの明かりに照らされた広場は様々な人が行き交っていた。

どうして急にそちらに目を向けたのか判らない。

やはり、仲川が言ったように、目立つ顔をしているからなのかも。

白い顔、天然の栗色《くりいろ》の髪。女性的な色香すら持ち合わせた、誰の目にも美しいと判る男が、こちらに向けて駅のほうから歩いてきていた。再会してからも、時折感じる陰のようなものが抜けきれない男だったが、驚くほど柔らかな笑みを浮かべている。

見上げる視線の先には、一見無表情の精悍《せいかん》な二枚目顔があった。

白坂と黒石。田舎に帰ったはずの昔馴染みの並んだ顔に、新二は呆然となる。

揃いの黒服を着ていた。どこへ向かうのかやけに足早で、ぐんぐんとこちらへ近づいてくる。脇を行き過ぎる瞬間、白坂はふっとこちらを向いた。突っ立つ新二にぶつかりそうになり、確かに目は合ったと思った。

けれど、白坂は自分に気がつかなかった。

そのまま信号のほうへと行き過ぎる。

「どうしたんですか？　急にぼうっとして…」

二人には背を向けており、まったく気づいた様子のない男が首を捻る。

新二は唐突に判った。

「なぁ、もしかしてバーのクライアントの名前って…黒石篤成《あつなり》か？」

津久井の話と様々な点が符合する。

「知ってる人ですか？」

「あぁ、まぁちょっとな」

「それは奇遇ですね。あぁ、そろそろ行きましょうか。まだ少しありますけど、もう入れてもらえる頃でしょう」

「え、あぁ」

二人も並んで歩き出す。信号が変わり、待っている間に白坂たちの姿は見えなくなったが、行き先は当然のように同じだ。複雑な気分で路地を歩く。

「学校の話ですが、仕事はどうするんですか？」

「仕事？　まぁ、ホストは辞めんだろうな。夜間はまずムリだし、昼も同伴とか付き合い入るし…バイトで続けるって手もあるけど、週に何度もシフト入れられないんじゃな。これを機にすっぱり足洗って出直すのもいいかなんて…電話で言ったろ、店来月で閉店だって」

「それなら、昼間僕の仕事を手伝ってもらえませんか？」

「おいおい、やめてくれよ。俺はあんたのヒモになる気はねぇ」

「いや、僕としては手伝ってもらって一緒にいられれば一石二鳥かと…」

「ますますやだね、なんか仕事になりそうにねぇもん」

意外にべったりなところのある男だ。涼しい顔して、仕事と私事の混同も甚だしい。けれど、思いがけない一面が嫌でもない。

落胆を隠せないでいる男の隣で、新二はあははと笑う。片側だけの小さな八重歯を覗かせた。

「あ、そこです。その店です」

黒石の店の前には小さな看板と、メニューが出ている。裏路地のビルの一階、片側の一角に位置する店は一見酷く小さく見えるが、どうやら奥に長く延びているらしい。

気密性を保つためか、重厚な黒塗りのドアだった。

津久井がドアノブに手をかける。

「やっぱりやめよう」

唐突に新二は言った。

「え？」

「あんたの手がけた店はほかにいくらでもあるんだろ？　ほか、連れてってくれよ」

このドアの向こうに二人がいる。

あの小さな田舎町。この街でその名を口にしても誰も判らない、あの田舎の町で共に生まれ育った二人。新二は別に会いたくないわけではなかった。不思議と、白坂を見てももう自分は苛立《いらだ》つことはない気がした。

けれど、白坂は姿の変わった自分に気がつかなかった。

この街で今も暮らしているのは、二人にとって秘密なのだろう。

「ほかの店って…それはありますけど。急にどうしたんですか？　知り合いじゃなかったんですか？」

「…いや、知らない。知らない奴らだ。行こうか」

新二は微笑む。

まだ納得がいかないでいる男の広い背をそっと押した。新しい場所へと続く道を歩き始めるのに迷いはなかった。

みなさま、こんにちは。お手に取っていただきありがとうございます、砂原です。

ルチル文庫さんでの二冊目の本は、『夜明けには好きと言って』の番外編となりました。関連した話を書くとは思っていませんでしたので、自分で驚いております。とはいえ、どなたかがご希望くださったとかではなく、勝手に自分で妄想を広げ、自発的に「書いてもいいですか？」とお伺いを立て、太っ腹にもＯＫしてくださった担当様のおかげで完成までこぎ着けた代物です。

すみません。なんだかすみません。誰も望んでなかったかもしれないのにすみません～。

長らくお付き合いくださってる方は薄々…思いっきり感づいてらっしゃると思いますが、性格の悪いキャラがわりと（控えめに言ってみました）好きなもので、金崎が見過ごせませんでした。きっかけはピアスについてだったかと…。きっと粋がってつけ始めたんだろうなとか、増やしたり外したりするきっかけはなんだろうとか…そんな些細な引っかかりから、うっかり「書いてもいいですか？」にまで行き着いてしまいました。

金崎のピアスの描写は、前作『夜明け～』の中で行きあたりばったりで書き添えたものです。まさかそれが番外編に繋がるとは…人生まったくなにが起こるか判りません。人生で三度もホストネタを書くとも夢にも思っていませんでした。潜在的にホスト好きなのでしょうか？　一度、ホストクラブに足を踏み入れてみるべきでしょうか？　新たな世界が開けました日には、どこかでご報告したいと思います（笑）。

元々続きを想定して書いた話ではありませんでしたので、ちょっと時間軸や展開には悩んでしまいました。この作品から手に取ってくださった方もいらっしゃいますでしょうか？　単独で読める話にしたつもりなのですが、判り辛いところがありましたら本当に申し訳ありません。よろしかったらご意見などお聞かせくださいませ。精進いたします。

今回も挿絵を書いてくださいました金先生、ありがとうございます。いきなりの番外編で困惑されたのではないでしょうか。前回ちらっとイラストでも登場してました金崎。今回どんなキャラに仕上げていただいたのか、また本が届くのが楽しみになりました。津久井も男前に考えてくださってありがとうございます。

この本もたくさんの方にお世話になりました。お力を貸してくださった方々、本当にありがとうございます。こうしてまた形にしていただくことができて、とても幸せです。

最後に、読んでくださった皆様ありがとうございます。この本が初めてのご縁の方も、『夜明け～』から引き続きお付き合いくださった方も、ずっとずっと以前からお付き合いくださっている方も、本当にありがとうございます。またお会いできると嬉しいです。

ようやく暖かないい季節になってまいりました。どうか皆様にとってよい日々でありますように。

２００６年４月　　砂原糖子。